Hartmut Lange

Im Museum

*Unheimliche
Begebenheiten*

Diogenes

Umschlagfoto von
Ralph Than (Ausschnitt)
Copyright © Ralph Than

Alle Rechte vorbehalten
Copyright © 2011
Diogenes Verlag AG Zürich
www.diogenes.ch
40/11/36/1
ISBN 978 3 257 06771 2

*Ich bedanke mich
für die Mitarbeit meiner Frau*

*Die Literatur hat ihren
eigenen Wahrheitsgrund*

I

Das Deutsche Historische Museum ist eine touristische Attraktion. Man kennt die mehr oder weniger geschmackvoll dekorierten Hallen und Zimmer, die dem Besucher so etwas wie Geschichte vortäuschen sollen. Verrottete Tongefäße und Bestecke sollen an die Koch- und Essgewohnheiten des mittelalterlichen Aachen erinnern, verbeulte Blechhelme und Musketen an die Zerstörung Magdeburgs während des Dreißigjährigen Krieges. An den Wänden sind Bilder und Möbel, aber auch Landkarten verteilt, die dem biedermeierlichen Wien oder Leipzig oder Nürnberg die Aura des Unvergessenen oder Wiederentdeckten verleihen sollen. Sicher, die gereinigte, aber verfärbte Uniform Friedrichs des Großen verführt dazu, länger als nötig im grellen Licht eines Schaukastens zu verweilen, aber wenn man das obere Stockwerk und damit anderthalb Jahrtausend deutscher Geschichte durchschritten hat, wird man das Gefühl von Ernüchterung nicht los. Ist es wirklich möglich, denkt man sich, die unendlichen Räume des Vergangenen mit ein paar restaurierten und zusammengetragenen Rudimenten herbeizuzaubern?

Das Gebäude selbst, in dem das Museum untergebracht ist, wirkt imposant. Es ist ein Barockbau, dessen Eingangsfront einhundert Schritte misst und dessen Bedeutung und Schönheit in allen einschlägigen Lexika nachzulesen ist, und wenn man es von der Straße Unter den Linden aus betritt, wenn man die Drehtür, die in den Kassenraum führt, hinter sich hat, bewundert man die Weitläufigkeit der Treppenaufgänge.

Dies geschieht am Tage, genauer zwischen zehn Uhr morgens und sechs Uhr nachmittags, solange das Museum geöffnet ist. Danach, wenn der letzte Besucher gegangen ist, werden die Kassenschalter geschlossen. Das Personal verschwindet, überall, in den Ausstellungshallen, den Treppenaufgängen, der Buchhandlung, aber auch in den Diensträumen, wird es still. Die Heizkörper werden allmählich kälter, und in den Sommermonaten dauert es lange, bis es zu dämmern beginnt. Jetzt aber, Anfang Januar, wird es, obwohl die Notbeleuchtung brennt, schlagartig dunkel, und nur über dem Glasdach im Schlüterhof hält sich ein schwacher Schein. Über den Erdgeschossfenstern erkennt man die Kartuschen mit den berühmten, von Andreas Schlüter entworfenen Gigantenhäuptern: sterbende Gesichter mit qualvoll aufgerissenen Mündern, deren Anblick, und besonders in diesem Zwielicht, kaum auszuhalten ist. Eilig versucht man, über eine Rolltreppe hinweg in den angrenzenden Neubau zu gelangen, erreicht ein freundliches, in moderner, kühner Architektur errichtetes Vestibül. Hier setzt man sich, ist froh, dass man durch die Front unverhängter Glasscheiben endlich ins Freie, auf den von Straßenlaternen beleuchteten Festungsgraben sehen kann. Hat sich der Besuch gelohnt?

›Ja, doch‹, denkt man, aber natürlich: Die Unübersichtlichkeit eines solchen Gebäudes, das auf einer achttausend Quadratmeter großen Fläche achttausend Exponate ausstellt, ist derart, dass man zuletzt Mühe hat, die Eindrücke, denen man ausgesetzt ist, zu ordnen.

Achttausend Exponate! Dies ist allerdings ein Angebot, das verwaltet werden muss, genauer: Man muss dafür sorgen, dass die Hallen, Zimmer und Treppenaufgänge regelmäßig gesäubert und gelüftet werden. Das Personal muss, wenn der Besucherstrom einsetzt, pünktlich zur Stelle sein, um an den Kassenschaltern die Eintrittskarten auszugeben oder an der Garderobe Mäntel und Jacken in Empfang zu nehmen. Es muss darauf achten, dass nur jene, die gezahlt haben, eingelassen werden, und in der Ausstellung selbst wird jeder, der sich darin bewegt, auf Schritt und Tritt beobachtet. Man kennt jene unauffälligen, sich diskret im Abseits haltenden Gestalten, die immer dann hervortreten, wenn der Verdacht besteht, man würde sich dem, was man betrachtet, allzu sehr nähern, und wer seinen Mantel, anstatt ihn an der Garderobe abzugeben, lose über dem Arm trägt, der wird höflich aufgefordert, ihn wieder anzuziehen.

Sicher, manchmal kann es vorkommen, dass jemand von dem Personal, zum Beispiel eine Frau, die stundenlang ihren Verpflichtungen nachgekommen ist, müde wird. Dann steht sie für Augenblicke im Weg, bemüht sich, in ihrem dunkelblauen Anzug besonders gerade zu stehen. Man lächelt ihr zu, ist versucht, ein paar Worte mit ihr zu wechseln. Sie aber, die verpflichtet ist, den Bereich, den man ihr zugewiesen hat, nicht aus den Augen zu lassen, geht weiter, und falls sie eine Gelegenheit findet, sie müsste nur wenige Meter vom Gang aus ins Innere, dorthin, wo man Stellwände errichtet hat, treten, könnte sie sich, obwohl es den Vorschriften widerspricht, setzen. Dies geschieht auch, und manchmal sieht man, wie sie mit jemandem, der ebenfalls zum Aufsichtspersonal gehört, leise redet, bis ein Besucher auftaucht. Dann trennen sich die beiden, und jene, die einen guten Kopf kleiner ist als der andere und die das linke Bein leicht nachzieht, tritt auf den Gang zurück und stellt sich, ein Anblick, der etwas Komisches hat, neben die Statue Karls des Großen.

Sie sieht auf die Armbanduhr. Es ist fünf Uhr nachmittags, und in einer Stunde, so lange gilt es noch durchzuhalten, würde jene, die Margarete Bachmann heißt, wieder in der Garderobe sein, um die Kleider zu wechseln. Sie würde den Dienstplan für den nächsten Tag entgegennehmen, und vielleicht würde sie noch zum Discounter gehen, um dann gegen Abend endlich die Beine unter dem Sofatisch auszustrecken. Ihre Wohnung ist klein. Da ist das Zimmer mit dem Vertiko, auf dem allerlei Nippes steht: ein geschnitzter Engel aus Holz, daneben ein Elefant aus Porzellan und wieder daneben, in einem silbernen Rahmen, das Foto eines jungen Mannes. Das Sofa, auf dem sie sitzt, ist viel zu groß, so dass zwischen Lehne und Vertiko kaum Platz bleibt, um die Schubladen zu öffnen. Vor dem Fenster steht eine Zimmerpflanze, und die Tür zur Rechten führt in eine Art Kammer, in der sie schläft. Lebt sie allein? Allerdings. Margarete Bachmann ist seit über zehn Jahren geschieden, und ihr Sohn, der auf dem eingerahmten Foto zu sehen ist, wohnt irgendwo in der Nähe von Ingolstadt. Wo genau, kann sie nicht sagen. Der Wasserkessel pfeift.

Margarete Bachmann erhebt sich, geht in die Küche, um Kaffee aufzubrühen. Sie macht sich zwei Scheiben Brot zurecht, gießt etwas Milch in die Tasse, dann sitzt sie wieder auf dem Sofa und überlegt, ob sie den Fernseher einschalten soll. Und wenn jetzt das Telefon klingelt und der Sohn, was selten genug vorkommt, sich nach ihrem Wohlergehen erkundigt, dann, ja dann kann man sicher sein, dass sie für den Rest des Abends bessere Laune hat, und die Nacht über hat sie einen guten Schlaf. Dies macht Margarete Bachmann, bevor sie am nächsten Tag mit der Arbeit beginnt, gesprächig, so dass man sie, während sie mit den Kollegen die Treppe hinaufgeht, laut reden hört. Aber kaum beginnt sie mit ihrem Rundgang, lässt sie die Schultern hängen, blickt ohne Interesse hierhin und dorthin, als gäbe es in dem Haus überhaupt nichts, wofür es sich lohnte, aufmerksam zu sein, und eines Morgens war da etwas, das sie irritierte: Es zog von irgendwoher, so dass sie gezwungen war, den obersten Knopf ihrer Bluse zu schließen.

Das Areal, in dem Margarete Bachmann unterwegs war, befindet sich im ersten Stock. Hier wird das Vordringen der Römer bis zum Rhein und zur Donau dokumentiert. Man sieht Mosaiken und Grabstelen, findet Hinweise, dass die Kultur der Kelten unterging, die der Germanen ihre Eigenständigkeit erst mit der Krönung Karls des Großen wiedererlangte. Man wird durch das Mittelalter geführt, sieht frei schwebende Spieße und Harnische, exotisch anmutendes Rüstzeug aus dem Iran, und hinter der Statue eines gotischen Reiters biegt man, dem Gang folgend, nach rechts ab und befindet sich schon im 17. Jahrhundert. Man geht weiter, sieht, wenn man die Längsfront des Museums hinter sich gelassen hat, eine Art Pavillon mit der Büste des Marquis de Lafayette und dahinter eine hölzerne Treppe, die auf eine Empore führt. Links die Portraits von Schiller, Goethe und Klopstock, auf der anderen Seite eine Vitrine mit Druckerzeugnissen aus dem späten 18. Jahrhundert und geradeaus, direkt vor dem Treppenabsatz, zwei Gemälde des Engländers John Opie. Das Licht ist hier erträglich, das Zeitalter irgendwie vertraut. Keine geisterhaften, frei schwebenden Gestalten mehr, und auch die wenigen Meter bis zur Französischen Revolution, zu den Gemälden Dantons, Robespierres und Napoleon Bonapartes, wirken keineswegs, obwohl sie an eine Schreckensherrschaft erinnern, einschüchternd oder ungemütlich. Und damit wären wir schon am Ende dessen, was Margarete Bachmann zu beaufsichtigen hatte. Über die Leuchttafel, die die Ära Metternichs und damit den Beginn des

Biedermeier signalisiert, ging sie nie hinaus, und hier hatte sie auch wieder eine Gelegenheit, sich zu setzen.

So vergingen der Januar und die erste Februarwoche, dann aber geschah etwas, womit Margarete Bachmann nicht gerechnet hatte, und es war ihr unmöglich, ihre Freude zu verbergen. Ihr Sohn hatte sie besucht, war auch bereit gewesen, ein paar Nächte die enge Wohnung mit ihr zu teilen, und am letzten Tag, bevor er wieder abreiste, hatte er darauf bestanden, mit ihr ins Museum zu gehen. Offenbar wollte er wissen, womit sie den Tag über beschäftigt war, und so sah man, wie die Mutter, nachdem sie den Sohn ihren Kollegen vorgestellt hatte, wie sie ihn mit sichtlichem Stolz, sie hatte rote Flecken im Gesicht, hierhin und dorthin führte, an enggestellten Wänden und Schaukästen vorbei, durch abseitsgelegene, spärlich beleuchtete Zimmer, die sie vorher nie betreten hatte, und dabei redete sie ununterbrochen.

Anfangs hörte der Sohn ruhig zu, auch noch, als sie an dem Gemälde Napoleon Bonapartes vorbei jene Abteilung betraten, die Margarete Bachmann immer gemieden hatte, aber weiter darüber hinaus, dort, wo flimmernde Leinwände die Kämpfe des Ersten Weltkriegs dokumentierten, begann er sich von der Mutter zu lösen. Sie blieb zurück, während er, der Sohn, mit dem Anblick versinkender Schiffe beschäftigt war. Der Eifer des Dreißigjährigen wirkte komisch, und dass er sich besonders dort, wo irgendwelche Hebel und anderes Gerät zu bedienen waren, wo man alte Maschinen in Bewegung setzen konnte, dass er sich besonders dort länger als nötig aufhielt, dies veranlasste die Mutter zu erklären, dass es, und vor allem im Erdgeschoss, interessantere Dinge zu sehen gäbe.

»Zum Beispiel den Schlüterhof«, sagte sie, erklärte, dass es ihr leider nicht erlaubt sei, ihn dorthin zu begleiten, versicherte aber, dass sie an der Treppe auf ihn warten würde.

»Gut«, sagte der Sohn und ging die wenigen Stufen hinab ins Erdgeschoss. Eine halbe Stunde verging, und Margarete Bachmann stand immer noch da, wartete darauf, den Sohn wieder zu sehen, und je länger dies dauerte, desto ungeduldiger sah sie auf die Uhr.

›Was macht er dort unten so lange‹, dachte sie, entschloss sich, was sie doch hatte vermeiden wollen, ebenfalls in den Schlüterhof zu gehen.

Das Aufsichtspersonal stand gähnend herum und sah verwundert auf jene, die, kaum dass sie aufgetaucht war, wieder verschwand.

›Er wird im Nordflügel sein‹, dachte Margarete Bachmann, und Sekunden später fand sie sich inmitten von Hakenkreuzfahnen und Spruchbändern wieder.

Man könnte jetzt ihre Aufregung beschreiben und dass die roten Flecken in ihrem Gesicht, da es ihr nicht gelang, den Sohn zu entdecken, immer stärker wurden oder dass sie, in die Eingangshalle zurückgekehrt, für Augenblicke versucht war, jenen, der an der Drehtür stand, zu fragen, ob ein junger Mann mit einer karierten Jacke vor kurzem das Museum verlassen hätte. Aber auch das hatte sich irgendwann erledigt. Zuletzt stand Margarete Bachmann wieder mit hängenden Schultern an der Treppe im oberen Stockwerk, an eben jener Stelle, an der sie sich mit ihrem Sohn verabredet hatte.

›Er ist längst in der Wohnung, um seine Tasche zu holen. Und er wird den Schlüssel in den Briefkasten werfen. Vielleicht hinterlässt er ein paar Zeilen‹, dachte sie, wusste aber, dass dies etwas war, worauf sie nicht hoffen durfte.

Seit diesem letzten Besuch ihres Sohnes, seit es Anlass gegeben hatte, sich zu empören, er war ohne ein Wort des Abschieds, hatte nicht einmal die Schlüssel in den Briefkasten geworfen, einfach verschwunden, seit Margarete Bachmann das hatte hinnehmen müssen, hielt sie sich ungern in ihrer Wohnung auf, und nun war ihr das endlose Auf-und-ab-Gehen in den Gängen des Museums weniger lästig. Sie war freundlicher, wenn man sie ansprach, gab bereitwillig diese und jene Auskunft, und es konnte vorkommen, dass sie jemanden, der etwas Bestimmtes suchte, eben dorthin begleitete, wo es zu finden war. Anfangs hatte sie Schwierigkeiten, dann musste sie sich entschuldigen, aber allmählich wusste sie über den Standort der meisten Exponate besser Bescheid, und sie achtete strenger darauf, dass die Vorschriften eingehalten wurden.

›Hier verdiene ich meinen Unterhalt‹, dachte Margarete Bachmann, versuchte gerade zu stehen, und sie bereute, dass sie den Pullover im Spind gelassen hatte.

›Es zieht wieder von irgendwoher‹, dachte sie, und dies war das Einzige, von dem sie wünschte, es ließe sich ändern.

Aber sie scheute sich, mit ihren Kollegen darüber zu reden. Sie sah ja, dass niemand außer ihr fröstelnd die Schultern hochzog, also versuchte sie, sich vor allem dort aufzuhalten, wo der Luftzug weniger zu spüren war. In der Nähe des Pavillons, wo die Büste des Marquis de Lafayette stand, schien es wärmer zu sein, und vor der hölzernen Treppe, die zur Empore führte, blieb sie stehen. Sie berührte das Geländer, war versucht, die wenigen Stufen hinaufzugehen.

›Warum nicht‹, dachte sie, wusste aber, dass das Personal angewiesen war, auf den Gängen zu bleiben. Sie hörte das Knarren der Dielen, drehte sich um, wollte sich vergewissern, dass ihr niemand zusah, dann stand sie schon auf dem Treppenabsatz und betrachtete die beiden Gemälde des John Opie. Nicht wegen der besonderen Kunst, des raffinierten Spiels zwischen Licht und Schatten, für das der Maler berühmt war, nein, ihr gefielen die schönen Kleider und dass da mehrere Mädchen in einem Halbkreis beisammensaßen, um jemandem zuzuhören, der etwas vorlas.

›Es ist, als hörte man sie atmen‹, dachte Margarete Bachmann und staunte, dass sie sich, es war das erste Mal, von einer Welt berühren ließ, die es nicht mehr gab.

Nachdem sie auf den Gang zurückgekehrt war, schloss sie den obersten Knopf ihrer Bluse wieder, und am nächsten Tag trug Margarete Bachmann einen Pullover unter ihrer Jacke, und sie beschloss, der Sache, ›es muss eine Tür oder ein Fenster offen sein‹, dachte sie, so unauffällig wie möglich auf den Grund zu gehen. Öfter als sonst verschwand sie hinter den Stellwänden, ging in Richtung der hohen Fenster, die vom Gang aus nicht zu sehen waren, und hier überprüfte sie mit schnellen Blicken, ob sich einer der Bügel gelöst hatte, mit denen man einzelne Glasscheiben ankippen konnte. Aber da war nichts zu beanstanden, außer dass es wieder einmal nötig gewesen wäre, die Scheiben zu putzen.

»Was für eine Überraschung. Ich hätte nicht gedacht, dass du dich hier herumtreibst«, hörte sie jemanden in ihrem Rücken sagen.

Es war jener, mit dem sie gelegentlich ein paar Worte wechselte, und als sie versuchte, ihm zu erklären, sie sei dabei herauszufinden, warum man in diesem Gebäude ständig frieren würde, musste er lächeln. Er erklärte, dass es eine Automatik gäbe, die das Dach über dem Schlüterhof öffnete und wieder schloss.

»Damit sich dort kein Kondenswasser ansammelt«, sagte er. »Und dass es dann, aber nur im Schlüterhof, möglicherweise kühler wird, das kann man nicht ausschließen«, fügte er hinzu.

Margarete Bachmann bedankte sich. Anderthalb Stunden später sah man sie in dem überdachten Areal. Sie vermied es, auf die Gigantenhäupter mit den qualvoll aufgerissenen Mündern zu sehen, blieb stattdessen mitten im Hof stehen, und nun spätestens durfte man sich fragen: War sie ernsthaft darauf aus, zu überprüfen, ob der Schlüterhof in regelmäßigen Abständen Frischluft erhielt?

Sie hob den Kopf, glaubte ein leises Surren zu hören. Aber was hatte dies schon zu bedeuten! In solch einer leergeräumten Halle konnte es, besonders wenn man allein war, von überall her zu irritierenden Erscheinungen kommen. Immer wieder gab es da ein Scharren unter dem Fußboden oder ein Gluckern in den Heizkörpern. Völlig normal und kaum der Rede wert, so wie man auch jenen Schatten, der jetzt, es war gegen sieben Uhr, im südlichen Teil des Erdgeschosses auftauchte, unbeachtet hätte lassen können. Aber Margarete Bachmann hatte es versäumt, das Museum rechtzeitig zu verlassen, so dass sie befürchten musste, eingeschlossen zu werden.

Sie berührte die Tür zur Eingangshalle, die bereits verriegelt war, und nun lief sie zum Südflügel, dorthin, wo sie eben noch den Schatten gesehen hatte, und als sie die Treppe betrat, die in die obere Etage führte, erlosch von überall her das Licht. Sie ging weiter, durchquerte, nachdem sie oben angekommen war, die Abteilung mit den Plakaten und den Filmleinwänden, und sie wusste, dass es neben dem Portrait Napoleon Bonapartes einen Notausgang gab. Aber auch er war verschlossen. Und nun, vielleicht weil alles so dunkel und still war und weil es ihr unangebracht erschien, sich, da sie aus eigener Schuld in diese Lage geraten war, bemerkbar zu machen, nun richtete sie sich darauf ein, die Nacht über in dem Gebäude zu bleiben, fand zuletzt in unmittelbarer Nähe jener Glaskästen, in denen man frei schwebende Ritterrüstungen zur Schau gestellt hatte, eine Bank, auf die sie sich hätte hinlegen können. Auch hier waren die Lampen ausgeschaltet, aber man sah, wenn man nur lange genug wartete und da die Fenster, die auf die Straße hinausgingen, nicht verhangen waren, alle Konturen. Dies gefiel ihr nicht, weil die Rüstungen, die sie vor Augen hatte, nun umso deutlicher und dadurch irgendwie bedrohlich wirkten. Für Augenblicke überlegte sie, ob sie zur hölzernen Treppe und der Empore zurückkehren sollte.

›Dort sind die Mädchen, und es ist gemütlicher‹, dachte sie, spürte, wie es wieder zog. Sie sah auf das Schwarz, das die Ritterrüstungen umschloss, und jetzt, endlich, glaubte sie zu erkennen, woher der Luftzug, der sie seit Wochen irritierte, kam. ›Es sind die Schaukästen‹, dachte Margarete Bachmann, wusste aber gleichzeitig, wie unsinnig dieser Eindruck war, denn die Kästen waren verschlossen und die Scheiben hermetisch abgedichtet, damit kein Staub ins Innere gelangen konnte.

Und doch: War da nicht wieder ein leises Surren zu hören, oder war es ein metallisches Klicken, und wurde der Luftzug, obwohl dies unmöglich war, nicht zunehmend stärker?

Was weiterhin geschah, ist schwer zu erklären. Am nächsten Vormittag entdeckte man, dass die Vitrine mit den frei schwebenden Ritterrüstungen offen stand. Irgendjemand hatte das Schloss an der hinteren Scheibe gelockert, und über der Armschiene der linken Rüstung, genauer, über der eisernen Faust, die das Schwert hielt, hing ein Pullover. Er war dunkelgrau, hatte einen kurzen V-Ausschnitt, das feine Gewebe war am rechten Ärmel gerissen.

»Was soll das?«, fragte der Kollege von der Oberaufsicht.

»Der gehört Frau Bachmann«, sagte jener, der immer gern einige Worte mit ihr gewechselt hatte.

Er erklärte sich bereit, ihr den Pullover auszuhändigen. Man war einverstanden, schloss die Vitrine, überprüfte die Alarmanlage, und merkwürdig: Nachdem man das Kleidungsstück, das man gefunden hatte, losgeworden war, nachdem sich alle, die um die Vitrine versammelt gewesen waren, wieder entfernt hatten, tat man, als wäre nichts Ungewöhnliches vorgefallen, ja es schien, als hätte man die Sache, mit der man eben noch beschäftigt gewesen war, bereits vergessen. Nur jener, der Manfred Schäfer hieß und der den Pullover an sich genommen hatte, blieb in der oberen Etage, um nach Margarete Bachmann zu suchen, konnte sie aber nirgends entdecken.

›Sie wird Urlaub haben. Oder sie ist erkältet. Dann müsste sie Anfang nächster Woche wieder zurück sein‹, dachte Manfred Schäfer und ging an dem Portrait Napoleon Bonapartes vorbei bis zum Pavillon und der Treppe, die zur Empore führte. Hier war jene Stelle, wo sich die beiden, Margarete Bachmann kam von links, er von rechts, immer wieder begegnet waren. Aber er wartete auch am nächsten und am übernächsten Tag umsonst, und er sah, dass an der Stelle weiter hinten, in der Nähe der Statue Karls des Großen, statt der Vermissten ein anderer auf und ab ging.

Zunächst war Manfred Schäfer unentschlossen, ging aber doch auf die Statue Karls des Großen zu, und nachdem er sie erreicht hatte, fragte er den Kollegen, der dort seinen Dienst tat, ob er jemanden vertreten würde.

»Nicht, dass ich wüsste«, sagte der andere.

»Und wo ist Frau Bachmann?«

»Keine Ahnung.«

Minuten später war Manfred Schäfer wieder auf seinem Rundgang und spürte ein Gefühl des Bedauerns.

›So sind die neuen Verhältnisse eben‹, dachte er. ›Der eine kommt, der andere geht.‹

Aber da war noch etwas anderes, das ihn beschäftigte, eine Art Unbehagen, oder besser: Eine

Vorahnung, als wäre, was er soeben erfahren hatte, nicht die letzte Gewissheit über die Abwesenheit jener Frau.

Als er die Statue Karls des Großen hinter sich gelassen hatte, betrat er den Seiteneingang, ging auf die Vitrine zu, an der man vor kurzem erst das Schloss ausgewechselt hatte. Er musterte die neuen Scharniere, grübelte darüber nach, wie es möglich sein sollte, dass eine unbeholfene, eher schüchtern wirkende Frau ohne passenden Schlüssel einfach so eine gesicherte Glasscheibe lösen konnte, um ihren Pullover, den sie doch, weil sie fror, hatte anziehen wollen, über den eisernen Handschuh einer Ritterrüstung zu hängen. Nach Dienstschluss stand er vor dem offenen Spind, das Margarete Bachmann benutzte. Er sah, dass dort ihr Mantel hing, und nun beschloss er, bei der nächstbesten Gelegenheit zur Personalabteilung zu gehen, um gewisse Dinge, die ihn beunruhigten, zu klären.

Die Personalabteilung der Dienstleistungsfirma, die das Deutsche Historische Museum beaufsichtigte, war in der Jägerstraße untergebracht, und für Augenblicke zögerte Manfred Schäfer, bevor er gegen eine der Türen klopfte. Keine Minute später stand er mitten in einem Zimmer, das durch zwei Schreibtische verstellt war, und er versuchte, einer Dreißigjährigen ohne Umstände und indem er ihr seinen Dienstausweis hinhielt, klarzumachen, dass er eine Kollegin hätte, die Margarete Bachmann hieße, und dass eben diese Kollegin seit längerer Zeit nicht mehr zur Arbeit erschienen sei.

»Ja und?«, sagte die junge Frau, die nicht wusste, wovon er redete.

Manfred Schäfer erklärte, dass er in Sorge sei. Margarete Bachmann habe, das könne er versichern, immer zuverlässig ihre Pflicht getan, fügte er hinzu, sah aber schon, dass die Angestellte zum Computer ging, um die Personalliste zu überprüfen.

»Es gibt bei uns keine Frau Bachmann«, sagte sie schließlich.

»Also hat man ihr gekündigt.«

»Schon möglich«, sagte die Angestellte, setzte sich an den Schreibtisch zurück, als hätte sich die Sache erledigt und als wollte sie Manfred Schäfer auffordern, das Zimmer zu verlassen.

Aber es kam nicht dazu. Manfred Schäfer blieb hartnäckig. Er sprach davon, dass es ihm, obwohl man ihn darum gebeten habe, nicht möglich gewesen sei, jener, die in der Liste des Computers nicht mehr aufzufinden war, die persönlichen Sachen zu übergeben. Dabei griff er zu dem Pullover, den er unter die Achsel geklemmt hatte, und schwenkte ihn hin und her.

»Was wollen Sie von mir?«, fragte die Angestellte.

»Was ich von Ihnen will? Ja habe ich mich missverständlich ausgedrückt?«, antwortete Manfred Schäfer und ging einen Schritt auf sie zu.

Aber nun öffnete sich die Tür zum Nebenzimmer. Der Personalchef trat ein, und als hätte er dem Gespräch der beiden zugehört und als wäre es nötig einzugreifen, sagte er:

»Es reicht, Herr Schäfer. Den Pullover können Sie wieder einstecken. Und falls Sie sich Sorgen um Frau Bachmann machen, dann sind Sie hier am falschen Platz. Sie haben doch gehört: Wir führen sie nicht mehr auf der Gehaltsliste.«

Nach Ostern wurden die Tage länger, und auch die Sonne machte sich, obwohl man die Fenster verhängt hatte, bis in die Korridore bemerkbar, und das Museum war, wie meist um diese Tageszeit, beinahe leer. Manfred Schäfer tat, als wäre es nötig, zwischen den wie beziehungslos wirkenden Exponaten doch noch nach dem Rechten zu sehen. Er schlenderte hierhin und dorthin, musterte die Gemälde des John Opie, umschritt die hölzerne Treppe, so dass er auf der Rückseite den Biedermeiertisch, die aufgeschlagenen Bücher, den Kerzenhalter aus Zinn und vor allem die Puppe mit dem rosafarbenen Kleid betrachten konnte, und irgendwie kam er von der Vorstellung nicht los, Margarete Bachmann würde, wenn er nur Geduld zeigen und lange genug in Richtung der Statue Karls des Großen sehen würde, wieder auftauchen.

›Sie fehlt mir‹, dachte er und erinnerte sich daran, dass sie jedes Mal, wenn sie näher kam, bemüht gewesen war, ihren leichten Gehfehler zu verbergen.

Wenn sie auf einer Bank gesessen hatten, hatte es ihn amüsiert, dass sie sich, sobald Besucher auftauchten, wieder erhob. Dann war es vorgekommen, dass er ihr klarzumachen versuchte, sie solle nicht immer nur auf die Vorschriften achten. Auch hatte er sehr wohl bemerkt, dass es, es war Wochen her, Schwierigkeiten mit dem Sohn gegeben hatte, und es war ihm nicht entgangen, dass sie zuletzt allein und mit hängenden Schultern oben an der Treppe vergeblich auf ihn gewartet hatte.

›Und ständig war ihr kalt‹, dachte Manfred Schäfer. ›Es ist ihr offenbar nicht leichtgefallen, sich in diesem Museum zurechtzufinden. Natürlich, wenn man tage-, nein monatelang dazu gezwungen ist, in einem Korridor auf und ab zu gehen und der eigene Sohn, obwohl man ihn gebeten hat zu bleiben, ohne ein Wort des Abschieds wieder verschwindet, dann, ja dann ist es nur allzu verständlich, dass man versucht, im Abgang wenigstens seinen Pullover hängen zu lassen‹, dachte Manfred Schäfer, und keine Stunde später sah man, wie er sich bei einem Kollegen darüber beschwerte, dass die Klimaanlage im Haus zu niedrig eingestellt sei.

Er erinnerte sich daran, wie albern er es gefunden hatte, dass sich Margarete Bachmann über eben diesen Sachverhalt, nämlich dass es von irgendwoher zog, beschwert hatte. Und hatte er ihr nicht erklärt, dass es eine Automatik geben würde, die das Dach im Schlüterhof öffnete und wieder schloss!

›Damit sich kein Kondenswasser ansammelt‹, dachte Manfred Schäfer und war schon unterwegs, um zu überprüfen, ob es im Schlüterhof tatsächlich kälter war.

Aber er konnte am Dach nirgends einen Spalt oder eine Lücke entdecken. Es regnete, er sah, dass das Wasser an den Scheiben ordnungsgemäß ablief.

›Alles dicht‹, dachte er, meinte aber doch, dass es nötig wäre, die Dinge, die der Vermissten Schwierigkeiten bereitet hatten, im Auge zu behalten. So auch die Vitrine, von der aus jetzt ein Surren, oder war es ein metallisches Klicken, zu hören war. Offenbar war man wieder an der hinteren Scheibe beschäftigt, und Manfred Schäfer überlegte, ob er zur Statue Karls des Großen gehen und das Ganze nochmals in Augenschein nehmen sollte.

›Aber was‹, dachte er, ›wäre damit gewonnen?‹

Zugegeben, der Schaukasten mit den frei schwebenden Ritterrüstungen wirkte suggestiv. Man sah drei Gestalten in kriegerischer Haltung und als würden sie auf Pferden sitzen, aber da war nichts weiter unter ihnen als gähnende Leere, und auch in ihrem Inneren war alles hohl.

›Es ist eben nur geschmiedetes und kunstvoll zusammengesetztes Eisen, das an Drahtseilen hängt‹, dachte Manfred Schäfer, und was ihn irritierte, was er skandalös fand, war nicht die Tatsache, dass sich an eben dieser Vitrine das Schloss der hinteren Scheibe gelöst und dass man das Kleidungsstück einer Kollegin, die seitdem nirgends mehr aufgetaucht war, im Innern der Vitrine gefunden hatte, sondern dass man so tat, als wäre daran nichts Besonderes.

Am nächsten Morgen erschien Manfred Schäfer ein zweites Mal vor dem Spind, das Margarete Bachmann benutzt hatte, und nun sah er, dass es mit einem anderen Namensschild versehen war. Ihren Mantel hatte man auf die Fensterbank gelegt, also fühlte er sich berechtigt, nicht nur den Pullover, sondern auch den Mantel, den offenbar niemand mehr beachtete, in eine Plastiktüte zu schieben.

Ein letzter Versuch, die Angelegenheit doch noch zu erledigen: Er ging in die Eingangshalle, ließ sich das Telefonbuch geben, fand auch, was er suchte, nämlich seitenweise den Namen Bachmann, aber nirgends war da der Vorname Margarete zu entdecken. Für Augenblicke stand er, die Tüte unterm Arm, ratlos herum, dann beschloss er, er hatte noch nicht gefrühstückt, ins Museumscafé zu gehen.

»Was geschieht mit den Sachen, die die Besucher im Museum liegenlassen«, fragte er die Serviererin, die ihm das Sandwich, das er bestellt hatte, über den Tisch hinweg zuschob.

Manfred Schäfer erfuhr, dass man die Fundsachen an der Garderobe aufbewahren würde, und zwar so lange, wie dies gesetzlich vorgeschrieben sei. Er bedankte sich, aß sein Sandwich, legte das Geld, das er schuldig war, auf die Tischplatte, und nun ging er, ohne sich nochmals umzusehen, zur Garderobe und erkundigte sich nach dem Fundbüro. Man führte ihn in einen kleinen Raum. Manfred Schäfer öffnete die Plastiktüte, erklärte, dass er gekommen sei, um gefundene Sachen abzuliefern. Er sah sich, als würde er etwas Bestimmtes suchen, zwischen den Regalen um, schob die Schirme, Handschuhe und Mützen, die dort lagen, mehrmals hin und her. Es war eine Geste der Verlegenheit, und als er erfuhr, dass alles, was liegenblieb, an die Kleidersammlung weitergereicht werden würde, nahm er der Angestellten die Tüte wieder aus der Hand.

»Dann sparen Sie sich die Mühe. Ich habe mich geirrt. Dann gehören die Sachen mir«, erklärte Manfred Schäfer, und wenig später sah man ihn mit eben diesen Sachen, die er sich angeeignet hatte, im oberen Stockwerk.

Er wusste natürlich, dass es korrekt gewesen wäre, die Plastiktüte der Museumsleitung zu übergeben. Stattdessen ging er auf dem Gang, in dem er sich befand, bis zu einem Fenster, das man zugemauert hatte, und hier, er musste nicht lange suchen, fand er einen Nagel, groß genug, um die Kleidungsstücke daran aufzuhängen. Zuerst den Mantel, darüber den Pullover, den er durch den Gürtel schob. Er zog alles glatt, ordnete die Ärmel. Zugegeben, das Ganze wirkte improvisiert, fügte sich aber, sowie man einige Schritte zurücktrat, in die Umgebung ein.

›Jetzt sind es keine Fundsachen mehr, jetzt sind es Exponate. Damit könnte Frau Bachmann zufrieden sein‹, dachte Manfred Schäfer, warf die Plastiktüte, die er zusammengefaltet hatte, in einen Abfallkorb und beschloss, das zu tun, wozu er verpflichtet war, nämlich erst einmal mit seinem Rundgang zu beginnen.

Als er vor der Büste des Willibald Gluck stand,

war er noch voller Zuversicht, auch noch, als er die Uniform des Erzherzogs Karl von Moritz Kellerhoven betrachtete, aber als er das Portrait des Danton sah, machten sich Zweifel bemerkbar, ob er sich nicht albern benommen hatte und ob es nicht ratsam wäre, zu dem vermauerten Fenster zurückzukehren, um das, was er aufgehängt hatte, wieder abzunehmen. Wer glaubte ernsthaft daran, dass ein Mantel und ein Pullover an einem Nagel geeignet wären, irgendjemanden vor dem Vergessen zu bewahren! Es war auch ansonsten ein vergebliches Bemühen. Denn was für das Konterfei eines Jakobiners oder die Modegewohnheiten eines Thronanwärters galt, galt noch lange nicht für die Mädchen, die auf den Gemälden des John Opie zu sehen waren.

›Wer könnte heute noch ihre Namen nennen, und wer‹, dachte Manfred Schäfer ›hat jenes Kleid getragen, das man unter der Treppe einer Puppe übergezogen hat. Niemand wird es je erfahren, und damit wären die Möglichkeiten eines Museums schon umgrenzt‹, dachte er, schloss den obersten Knopf am Kragen seiner Jacke und ertappte sich dabei, wie er wieder darauf achtete, ob es von irgendwoher zog.

II

Bernd Klinger war einer von jenen, die man früher, so wurde gemunkelt, zu fürchten hatte. Weswegen, wusste niemand genau zu sagen, aber dieser Mann wirkte wie jemand, der sich nicht damit abfinden konnte, »in einem Schuppen voller Plunder«, wie er es nannte, seinen Lebensunterhalt zu verdienen.

Andererseits: ›Es gibt nur die Welt, die einem geblieben ist‹, dachte Bernd Klinger und war froh, dass man es ihm erspart hatte, im Erdgeschoss, dort, wo der Zusammenbruch jener Verhältnisse, die ihn protegiert hatten, dokumentiert war, durch die Korridore zu gehen. Er fühlte sich deplaziert, tröstete sich mit dem Gedanken, dass er, was das Museum betraf, besser Bescheid wusste als jeder andere. Wer von denen, die er jetzt zu seinen Kollegen rechnen musste, ahnte schon, dass es unter dem Erdgeschoss einen geheimen Gang gegeben hatte, so dass man sofort zur Stelle gewesen war, wenn es darauf ankam, etwa auf dem Schlossplatz, den man eingeebnet hatte, oder auf der Straße Unter den Linden für Ruhe und Ordnung zu sorgen!

Aber nun war er damit beschäftigt, und dies schon seit anderthalb Jahren, das Areal, das ihm zugewiesen worden war, abzuschreiten. Es war jene Strecke, auf der man die beginnende Gründerzeit nach 1871 bis zur Jahrhundertwende dokumentiert hatte. Hier gab es riesige Kessel und Schwungräder, aber auch Leinwände, auf denen ganze Fabrikanlagen abgebildet waren, und hier, weil er sich das erste Mal dazu verstand, an diesen Dingen nicht immer nur vorbeizugehen, hier hatte er, indem er genauer hinsah, den Eindruck, es könnten ihm diese leblosen, zusammengesuchten und eindrucksvoll arrangierten Stahl- und Eisenreste, die die Jahrhunderte überdauert hatten, doch noch etwas bedeuten. Als er die Treppe wieder verließ, ging unten jemand vorbei, und obwohl er dessen Gesicht nicht sah, kam ihm der etwa vierzigjährige Mann, der einen Schreibblock in der Hand hielt und der vor diesem und jenem Ausstellungsstück verweilte, um sich Notizen zu machen, irgendwie bekannt vor. Bernd Klinger wandte sich ab, ging in den Bereich zurück, der mit der Aufschrift »Der Wiener Kongress und die Ära Metternichs« gekennzeichnet war, und auch hier, während er links und rechts in den Seitengängen unterwegs war, auch hier kam er von der Versuchung nicht los, indem er auf die Jahreszahlen der Tafeln sah, die Zeit zu berechnen, genauer: zu berechnen, seit wie lange dies alles, was er zu beaufsichtigen hatte, vergangen war.

›Im Erdgeschoss ist alles gegenwärtiger‹, dachte Bernd Klinger. ›Dort kann man beinahe noch das Flattern der Fahnen hören.‹

Aber er vermied es, dorthin zu gehen. Stattdessen verspürte er den Wunsch, herauszufinden, ob man den Zugang, der in die Kellerräume und dahinter in den geheimen Gang führte, offen gelassen hatte, und so sah man ihn am nächsten Morgen, wie er vor Dienstbeginn in einem der Seitengänge des Schlüterhofs verschwand und wie er über eine Wendeltreppe nach unten stieg, und er war sicher, dass er die Tür, obwohl er nur zwei- oder dreimal während einer Übung anwesend gewesen war, dass er die Tür mit der Aufschrift »Eintritt verboten« wiedererkennen würde. Aber wie lange er auch im Dunkeln herumtappte, wie lange er auch suchte, da war nichts mehr, und zuletzt stand Bernd Klinger vor einer kahlen, gründlich verputzten Wand und versuchte, was blieb ihm anderes übrig, die Sache zu vergessen.

Er hatte andere Sorgen, und jeder muss schließlich darauf achten, für die Belange, die die Alltäglichkeit des Lebens ausmachen, gewappnet zu sein.

Und so durfte man sich fragen: Was tat Bernd Klinger nach Dienstschluss, wenn er nicht mehr in den Korridoren auf und ab ging? War er verheiratet, erwartete ihn jemand, wenn er sein Spind abgeschlossen und, die Windjacke überm Arm, den Seiteneingang verließ, um in sein Auto, das in der Nähe geparkt war, einzusteigen? Man wusste es nicht, hatte auch kein Interesse daran, etwas Genaueres über die Privatsphäre dieses Mannes zu erfahren. Manchmal sah man, wie er, kaum dass er im Auto saß, den Motor wieder abstellte, wie er über die Straße Unter den Linden hinweg zu einer Imbissbude ging, wo er eine Flasche Bier trank. Es kam auch vor, dass man ihm bei einem Kinobesuch am Potsdamer Platz begegnete. Aber nach der Vorstellung, bevor das Saallicht anging, war er wieder verschwunden, und wohin er nun mit seinem Auto unterwegs war, niemand wusste es mit Sicherheit zu sagen. Vielleicht bog er noch, nachdem er über die Leipziger Straße hinaus den Schlossplatz erreicht hatte, nach links, dann auf der Höhe der Hackeschen Höfe nach rechts ab, und hinter dem Alexanderplatz verlor sich seine Spur.

Nach Herbstanfang wurden die Tage kürzer, und die Sonne machte sich, obwohl man die Vorhänge von den Fenstern zurückgezogen hatte, in den Korridoren kaum noch bemerkbar. Das Museum war, wie meist um diese Jahreszeit, beinahe leer. Bernd Klinger langweilte sich, aber nun geschah etwas, das den Fortgang der Ereignisse beschleunigen sollte. Ein Besucher tauchte auf. Es war jener, den Bernd Klinger nun schon des öfteren gesehen hatte und der, wie immer einen Schreibblock in der Hand, irgendwelche Studien zu machen schien. Jedenfalls war er länger als andere Besucher mit den Ausstellungsstücken beschäftigt. Immer wieder schien er etwas zu notieren.

›Und er hat rotblonde Haare‹, dachte Bernd Klinger. ›Und wie er, wenn er sich nach vorn beugt, die Schultern hochzieht, das hat mich schon einmal geärgert‹, dachte er und wartete darauf, dass der andere, den er im Blick hatte, näher kam.

Als sie auf gleicher Höhe waren und der mit dem Schreibblock unterm Arm den Kopf hob, sah Bernd Klinger ihm, in der Annahme, jener würde seinen Blick erwidern, ins Gesicht, und da dies nicht geschah, da der Rotblonde weiterging, sagte Bernd Klinger unüberhörbar:

»Guten Morgen, Herr Dankwart!«

Was nun geschah, war unerwartet. Rüdiger Dankwart drehte sich um, versuchte jenem, den er nicht kannte, der ihn aber angesprochen hatte, freundlich zu begegnen. Es kam nicht dazu, denn nun sagte Bernd Klinger:

»Erkennen Sie mich?«
»Nein.«
»Operative Abteilung. Normannenstraße. Ich bin Leutnant Klinger. Ich habe Sie eine Woche lang verhört.«

»Ach ja?«, antwortete Rüdiger Dankwart, und man sah, dass er Mühe hatte zu begreifen, wovon überhaupt die Rede war.

Zunächst wollte er weitergehen, aber dann, nach vier, fünf Schritten, schien er sich zu erinnern, und nun sagte er, indem er zurückkam:

»Schön, dass wir wieder zusammentreffen. Aber Sie müssen zugeben, es ist einfach zu lange her.«

»Verstehe«, antwortete Bernd Klinger, und als Rüdiger Dankwart die Schultern hob, als er seinem Gegenüber aufs Revers sah, wo man den Namen lesen konnte, als er sagte: »Interessant, dass Sie sich entschlossen haben, Ihre eigene Vergangenheit zu bewachen«, spürte Bernd Klinger, wie ihm das Blut ins Gesicht schoss.

Nach dieser Begegnung wusste Bernd Klinger, wie unmöglich es war, darüber hinwegzusehen, dass wenige Meter unter ihm, nämlich im Erdgeschoss, die Vergeblichkeit all dessen dokumentiert war, wofür er sich jahrzehntelang eingesetzt hatte, und wenn sich jemand verirrte und nach den Zeugnissen der jüngsten Geschichte fragte, war er verpflichtet, ihm den Weg zu weisen.

›Völlig absurd‹, dachte er, beugte sich über das Geländer der Treppe, die zu den Ausstellungsräumen führte, und überlegte, ob er es nicht wagen sollte, die Dinge, denen er bisher ausgewichen war, in Augenschein zu nehmen.

Am nächsten Tag hatte er Grund, sich zu ärgern, denn nun sah er jenen wieder, den er einmal gezwungen hatte, unter einer 500-Watt-Lampe Rede und Antwort zu stehen, und dieses Mal wollte Bernd Klinger verhindern, dass ausgerechnet jener, der damals keine gute Figur gemacht hatte, ihn nochmals, und mit wenigen Worten, aus der Fassung bringen würde. Was hatte er doch gesagt?

»Interessant, dass Sie sich entschlossen haben, Ihre eigene Vergangenheit zu bewachen.«

Bernd Klinger tat, als hätte er Rüdiger Dankwart nicht gesehen, ging langsamer als sonst den Korridor entlang, und als jener ihn eingeholt hatte, als er dessen Schritte in seinem Rücken hörte, drehte er sich ruckartig um und sagte:

»Guten Morgen, Herr Dankwart. Sie sind ja schon wieder hier. Und was notieren Sie eigentlich auf Ihrem Schreibblock, wenn ich fragen darf?«

Er sprach etwas zu laut und mit einem gewissen Nachdruck in der Stimme. Offenbar hoffte er, dass es ihm diesmal gelingen würde, den anderen wenigstens dazu zu bringen, über diese Begegnung, ›immerhin haben wir ihm kräftig zugesetzt‹, dachte Bernd Klinger, für Augenblicke betroffen zu sein.

Aber Rüdiger Dankwart lächelte, und womit Bernd Klinger nicht gerechnet hatte, er begann ausführlich zu erklären, warum er, und nun schon das vierte Mal, in diesem Museum unterwegs sei.

Rüdiger Dankwart war ein begehrter Lektor. Er hatte Manuskripte verbessert, nein umgeschrieben, die als misslungen galten. Bekannte Romanautoren hatten ihm einiges zu verdanken. Er war es, der ihre langatmigen Texte zusammenstrich und stilistisch aufbesserte, und er beschwerte sich darüber, dass die Verlagsleitung es ablehnte, eben diese Leistung im Impressum der gedruckten Bücher, wenn auch nur beiläufig, zu erwähnen. Irgendwann, wohl auch, weil er sich nicht ausgelastet fühlte, begann er selber zu schreiben. Keine Prosa oder sonst irgendetwas, das er mühsam hätte erfinden müssen, nein, dazu fehlte ihm die Phantasie. Er neigte eher zu sachbezogenen Texten, und da er jeden Morgen, wenn er zum Verlag fuhr, mit seinem Fahrrad am Deutschen Historischen Museum vorbeikam, stieg er eines Tages ab, ging zum Kassenschalter, löste eine Eintrittskarte und sah sich um. Er war beeindruckt von dem monumentalen Stil der Fassade, und es gefiel ihm, wie man, was dort in den Räumen zusammengetragen worden war, auf raffinierte Weise arrangiert hatte. Er hatte Lust, einmal mit wissenschaftlicher Gründlichkeit zu untersuchen, wie und mit welchen Absichten und Vorgaben man dieses Museum zu solcher Wirkung gebracht hatte, also lehnte er jedes Mal, wenn sich die Gelegenheit dazu bot, sein Fahrrad gegen die Hauswand, hatte auch schon Tag für Tag, beinahe eine Woche lang, den Schreibblock benutzt, um seine Eindrücke, die er mit Hilfe des Computers analysieren wollte, festzuhalten.

Sicher, es gab einiges, das er als störend empfand, wie die Begegnung mit jenem, der ihn angesprochen und mit dem er einige Worte gewechselt hatte. Aber neuerdings wich Bernd Klinger ihm aus, und wo dieser früher zwar missmutig, aber immerhin korrekt seinen Pflichten nachgekommen war, antwortete er jetzt unwillig, wenn er von einem Besucher angesprochen wurde, ja er vermittelte den Eindruck, dass er nur irrtümlicherweise als Aufseher gekennzeichnet war. Er hatte das Schild mit seinem Namen von der Jacke entfernt, und nur wenn er jemandem von der Oberaufsicht begegnete, zog er es rasch aus der Tasche, steckte es ans Revers. Immer öfter stand er an einem der hohen Fenster, sah ins Freie hinaus, schien über irgendetwas zu grübeln, und eines Tages, es war das letzte Mal, sah Rüdiger Dankwart, wie er mit energischen Schritten und indem er sich mehrmals umsah, den Schlüterhof überquerte und in einem der Seiteneingänge verschwand.

›Vielleicht hat er gemerkt, dass es taktlos war, mich einfach so, nach allem, was geschehen ist, zu belästigen‹, dachte Rüdiger Dankwart und hoffte, dass die Sache damit erledigt wäre.

Aber die Hoffnung trog, denn am nächsten Tag bekam er einen Brief. Der Umschlag war aus Pappe und offenbar schon einmal benutzt worden. Rüdiger Dankwart las als Absender die Initialen »B. K.« und war sofort im Bilde, wer ihm hier und auf so improvisierte Weise geschrieben hatte.

›Er kann es nicht lassen. Er schnüffelt mir nach. Er hat sich meine Adresse besorgt‹, dachte er und überlegte, ob er das Kuvert überhaupt öffnen sollte.

Wenig später hatte er die Seite, die von Hand geschrieben war, gelesen. Zunächst versicherte Bernd Klinger, dass es ihm nicht leichtgefallen sei, sich in einem Museum wiederzufinden. »Ich versuche«, schrieb er, »damit fertigzuwerden, vor allem, weil ich weiß, dass unsereins auch hier irgendwann einmal das Feld räumen muss.« Dann kam er sofort zur Sache und erklärte, dass es ein Fehler gewesen sei, ihn, Rüdiger Dankwart, nach einigen Verhören freizulassen. »Wir waren zu gutmütig«, schrieb er. »Wir hätten Sie und Ihresgleichen ein für alle Mal unter Verschluss nehmen müssen, dann wäre alles wie früher und wir müssten uns keine dummen Sprüche gefallen lassen.« Aber es sei, fügte er hinzu, noch nicht aller Tage Abend, und es gäbe immer Mittel und Wege, begangene Fehler wiedergutzumachen. Zuletzt forderte er Rüdiger Dankwart auf, in den Schlüterhof zu kommen. »Und möglichst nach Dienstschluss, wenn es dunkel wird und die Notbeleuchtung brennt«, las Rüdiger Dankwart und wusste nicht, was er von alledem zu halten hatte.

»Der Dativ ist dem Genitiv sein Feind«, sagte Rüdiger Dankwart, und der junge Mann, dessen Manuskript er durchgearbeitet und mit Anmerkungen versehen hatte, war bereit, über diese Redewendung zu lachen.

Man besprach Änderungen, überlegte, ob der Text nicht zu lang sei.

»Sie können ruhig fünfzig bis sechzig Seiten streichen«, gab Rüdiger Dankwart zu bedenken, kippelte mit seinem Stuhl, sah zu, wie der junge Mann die Blätter seines Manuskripts ineinanderschob, und irgendwann, nachdem man sich über den Termin für das Erscheinen des Romans einig geworden war, irgendwann wies er mit dem Finger auf den Prospekt, der vor ihm auf dem Schreibtisch lag, und fragte:

»Kennen Sie das Deutsche Historische Museum? Ich würde Ihnen raten, sich darin einmal umzusehen. Dort ist die Welt, obwohl sie vergangen ist, immer noch nicht in Ordnung, und es gibt Vorgänge, die sich, wenn überhaupt, nur mühsam erklären lassen. So etwas sollte man seinen Lesern nicht vorenthalten«, fügte er hinzu, und als er wieder allein war, sah er auf die geschlossene Tür und grübelte darüber nach, ob es ihm selbst noch möglich sein würde, mit einem Schreibblock unterm Arm vor den zur Schau gestellten Exponaten hin und her zu gehen.

Immerhin hatte man ihm einiges zugemutet, und er erinnerte sich sehr wohl daran, dass es keine leichte Zeit gewesen war, mit jenem, den er im Museum wieder getroffen hatte, eine Woche lang in einem kahlen Zimmer zu sitzen.

›Man war‹, dachte Rüdiger Dankwart, ›während der andere barsch und ununterbrochen seine Fragen stellte, immer nur damit beschäftigt, nicht in das allzu grelle Licht zu sehen. Aber sie hatten sich, als alles vorbei war und ich mich schriftlich verpflichten musste, über das, was vorgefallen war, ein für alle Mal zu schweigen, sie hätten sich zuletzt irgendwie entschuldigt‹, dachte er und glaubte sich zu erinnern, dass man ihm sogar, als er wieder gehen durfte, die Hand entgegengestreckt hatte.

Aber nun kam man ihm, albern genug, mit dieser Drohung. Er griff nach dem Brief, genauer: nach dem Stück Pappe, überflog nochmals die wenigen Zeilen, mit denen man ihn aufforderte, in den Schlüterhof zu kommen, und gegen Nachmittag verließ er das Verlagsgebäude, fuhr mit dem Fahrrad in Richtung Festungsgraben, und nachdem er die Eingangshalle des Museums betreten hatte, war er entschlossen, mit seinen Recherchen fortzufahren und so zu tun, als hätte es die Vorfälle der letzten Woche nie gegeben. Er bemühte sich, den gedanklichen Faden wiederzufinden. Was hatte er doch mit seinen Notizen beweisen wollen? Ach ja: wie und mit welchen Absichten und Vorgaben man dieses Museum zur Wirkung gebracht hatte. Er überlegte, welchen Bereich er nochmals in Augenschein nehmen sollte, nahm sich vor, besonders in den Seitengängen unterwegs zu sein, aber auch diesmal sollte er nicht ungestört bleiben.

Es begann damit, dass er im Bereich des Frühbarock, dort, wo er eine mehrere Meter hohe Standuhr mit angerostetem Laufwerk betrachten wollte, dass er dort, indem er flüchtig aufsah, am Ende des Korridors einen Mann entdeckte, der eine Uniform trug und der ihm zuzuwinken schien. Und war da nicht, es war nur für den Bruchteil einer Sekunde, ein Emblem zu erkennen, das ihn als Angehörigen jener Staatsmacht auswies, deren Untergang im Erdgeschoss ausgiebig dokumentiert war? Rüdiger Dankwart versuchte sich zu konzentrieren, wollte sich zwingen, ausschließlich mit den Exponaten beschäftigt zu sein. Es gelang ihm nicht, denn schon wieder, und diesmal von dem friderizianischen Bereich her, schien ihm jemand mit der Hand ein Zeichen zu geben.

›Ich soll ihm folgen. Er ist auf dem Weg nach unten‹, dachte Rüdiger Dankwart.

Und tatsächlich: Als er die Eingangshalle erreicht hatte, sah er deutlich, wie der andere ihm nochmals zuwinkte, wie er das Museumscafé betrat, und von diesem Augenblick an, dies glaubte Rüdiger Dankwart zu spüren, konnte er sich dem, was weiterhin geschah, nicht mehr entziehen. Auch er betrat das Café, setzte sich an den Tresen, bestellte ein Glas Tee, den er hastig trank. Er sah sich um, konnte aber den, den er eben noch gesehen hatte, nicht entdecken.

›Der Tee ist nicht in Ordnung‹, dachte Rüdiger Dankwart und glaubte sich zu erinnern, dass er diesen sonderbaren Geschmack auf der Zunge schon einmal, und zwar in der Normannenstraße, nicht hatte loswerden können. ›Ständig musste ich etwas trinken, und irgendwann wurde mir schwindlig, wie eben jetzt‹, dachte er.

Alles Weitere vollzog sich rasch. Das Museum, es war nach achtzehn Uhr, wurde geschlossen. Die letzten Besucher verließen die Eingangshalle, und auch in dem Café begann man, die Tassen und Gläser einzusammeln. Rüdiger Dankwart rührte sich nicht, und erst als man ihn aufforderte, seinen Stuhl zu räumen, entschloss er sich, im Museum zu bleiben, und er sah, nachdem er hinter eine Säule getreten war, zu, wie das Personal eilig hin- und herging. Man spannte die Seile an den Absperrungen, ordnete die Büchertische, die Kassenschalter und die Flügeltüren wurden verriegelt, und zuletzt, nachdem alle, sie hatten sich in der Garderobe umgezogen, verschwunden waren, verlosch überall das Licht. Es dauerte, bis sich Rüdiger Dankwart an die Notbeleuchtung gewöhnte, und nun, endlich, entdeckte er jenen, der ihm von weitem zugewinkt hatte. Es war Bernd Klinger. Er stand vor der Flügeltür zum Schlüterhof, hatte, das war unverkennbar, seine alte Uniform angezogen, und offenbar wollte er das Verhör, das Jahrzehnte zurücklag, fortsetzen.

»Machen Sie keine Umstände!«, rief er und forderte Rüdiger Dankwart auf, ihm zu folgen.

Er wartete, bis dieser näher gekommen war, dann wies er mit ausgestrecktem Arm in Richtung auf die Wendeltreppe, die in die Kellerräume führte, und Rüdiger Dankwart war, vielleicht durch den Tee, den er getrunken hatte, nicht in der Lage, sich der Anweisung zu widersetzen. Er hörte noch, wie der andere ihn mit Vorwürfen überhäufte, und immer wieder war es die Behauptung, er, Rüdiger Dankwart und seinesgleichen, hätten es zu verantworten, dass sich all jene, die ohne Wenn und Aber und ohne sich zu schonen, für eine gerechtere Welt tätig gewesen waren, dass sie, ja ausgerechnet sie sich um den Sinn ihres Lebens betrogen fühlen mussten. Bernd Klinger öffnete die Flügeltür, und da standen sie nun, von denen er eben gesprochen hatte, Schulter an Schulter, bis an den Rand des Hofes und darüber hinaus. Es waren Hunderte, nein Tausende, die Rüdiger Dankwart mit einem Ausdruck bitterster Feindschaft ins Gesicht sahen. Er ging auf die Menge zu. Sie wich auseinander. Ein schmaler Durchgang quer über den Hof entstand, und da Bernd Klinger, dem er folgen sollte, schon an der Wendeltreppe auf ihn wartete, versuchte Rüdiger Dankwart sich zu beeilen. Hastig trat er über die Schwelle zum Schlüterhof, rannte beinahe, indem er mit den Armen ruderte, auf die gegenüberliegende Seite zu. Er stolperte, spürte, wie er das Gleichgewicht verlor und wie er auf dem kalten, gefliesten, von Stiefeln umstandenen Boden aufschlug.

III

Herr Polenz war Vertreter einer Firma, die mit Musikalien handelte, und er durfte von sich sagen, dass er erfolgreich war. Sicher, in diesem Beruf gab es kaum eine Gelegenheit zur Karriere, und die Reisen mit dem Auto fielen ihm, besonders im Winter, wenn Nebel oder Eis herrschte, zunehmend schwerer, aber er hatte immer noch Spaß daran, diesem oder jenem Kunden ein Musikinstrument zu empfehlen, und es konnte vorkommen, dass er nicht nur die obligatorischen Kataloge, sondern auch ein Fagott oder eine Querflöte bei sich hatte, um seine Werbung anschaulicher zu machen. Dann kam er ins Fachsimpeln und erklärte, dass er selbst einmal Lust gehabt hätte, in einem Orchester zu spielen, aber dazu sei eine gewisse Leidenschaft nötig und vor allem die Fähigkeit, das stundenlange Proben geduldig zu überdauern. Im Übrigen könne er in seiner Wohnung schon seiner Frau wegen kein Musikinstrument benutzen. Es würde sie nervös machen.

Und so war es denn auch: Kaum war Herr Polenz von einer Rundreise zurückgekehrt, kaum hatte er die Wohnungstür geöffnet und wieder geschlossen, kaum hatte er einige Worte mit seiner Frau gewechselt, musste er darauf achten, den Koffer mit den Prospekten und die Musikinstrumente, die er unter die Achsel geklemmt hatte, möglichst geräuschlos und unauffällig auf dem Hängeboden zu verstauen. Es konnte aber auch vorkommen, dass niemand in der Wohnung war, um ihn zu begrüßen, und dass er lediglich einen Zettel auf dem Küchentisch vorfand mit der lapidaren Bemerkung, er möge sich die Schüssel mit dem Kartoffelpüree und den Nürnberger Würstchen in die Mikrowelle schieben. Dann ließ Herr Polenz den Koffer und die Musikinstrumente, statt sie auf dem Hängeboden zu verstauen, im Flur stehen, zog den Mantel, der am Garderobehaken hing, wieder an und ging in ein Restaurant. Oder er beschloss, sich nach der langen Autofahrt erst einmal die Beine zu vertreten. Dann ging er wahllos irgendwohin, so auch an diesem Nachmittag, als er, ohne besondere Absicht, das Deutsche Historische Museum betrat.

Er wollte sich, nachdem er in der Eingangshalle war, lediglich umsehen, wollte die Plakate und Büchertische ringsherum betrachten, vielleicht auch einen Blick ins Innere des Cafés, dessen Tür offen stand, werfen, und als er schließlich doch, und ohne dass es seine Absicht war, an dem Angestellten, der den Durchgang zum Schlüterhof kontrollierte, vorbeiging, wunderte er sich, dass dieser ihn, anstatt, wie es seine Pflicht gewesen wäre, nach der Eintrittskarte zu fragen, ohne weiteres passieren ließ. Freilich hatte Herr Polenz hier schon den Eindruck, dass dies Konsequenzen haben könnte.

Und sah ihm der Angestellte nicht, nachdem er die Mitte des Schlüterhofs erreicht hatte, spöttisch hinterher?

Wenig später wollte Herr Polenz das Museum auf kürzestem Wege wieder verlassen. Also versuchte er, nachdem er in die Eingangshalle zurückgekehrt war, ins Freie zu kommen. Es gelang ihm nicht. Genauer: Er trat zwar durch die Drehtür auf die Straße hinaus, aber nur, um sich sofort an jener Stelle wiederzufinden, die er hatte verlassen wollen, auf dem glasüberdachten Hof mit den Gigantenhäuptern.

Er zog sein Handy hervor, wählte die Nummer seiner Frau, aber er bekam, sooft er es auch versuchte, keine Antwort. Also steckte er das Handy wieder ein, knöpfte seinen Mantel zu und beschloss, das nächste Mal nicht die Drehtür in der Eingangshalle, sondern jene im Neubau zu benutzen.

›Dann erreiche ich sofort den Festungsgraben,

und von dort aus‹, dachte Herr Polenz, ›sind es nur wenige Schritte bis zu meiner Wohnung.‹

Er verließ den Schlüterhof, beeilte sich, auf der Rolltreppe, die in den Neubau führte, voranzukommen, sah noch, als er die Garderobe passierte, dass dort nur zwei, drei Mäntel hingen. Auch die Buchhandlung wirkte wie ausgestorben. Er näherte sich dem Portal, versuchte, durch die Drehtür, die sich dahinter befand, ins Freie zu gelangen, spürte, wie die Tür, indem er sie mit den Schultern berührte, nachgab. Er zwängte sich durch den schmalen Spalt, betrat, daran bestand kein Zweifel, über zwei, drei Stufen hinweg den Bürgersteig, aber nur, um sich sofort an jener Stelle wiederzufinden, die er hatte verlassen wollen. Und nun stand er unentschlossen da, sah durch die Glasfront hindurch auf den Festungsgraben, entdeckte die Fenster zu seiner Wohnung, in deren Scheiben sich das Licht der Laternen spiegelte, und zuletzt winkte er einen Angestellten herbei. Er schien sich zu beschweren.

Was er genau zu sagen hatte, war auf die Entfernung hin nicht zu verstehen. Vermutlich wies Herr Polenz darauf hin, dass er, und dies galt schließlich für jeden Besucher, dass er das Recht hätte, das Museum durch die für diesen Zweck gekennzeichneten Türen wieder zu verlassen, und vermutlich verstand der Angestellte nicht, warum er in der Sache überhaupt belästigt wurde. Möglich, dass er aus Höflichkeit trotzdem zur Drehtür ging, um zu demonstrieren, dass sie sich bewegen ließ und es also keinen Grund gab, sich irgendwelche Sorgen zu machen, und Herr Polenz wiederum würde, falls er immer noch zögerte, ins Freie zu gehen, in Erklärungsnot geraten. Aber natürlich: Irgendwann würde ihn der Angestellte, da das Ganze so wunderlich wirkte, mit einem Achselzucken oder einem Lächeln stehenlassen, und jetzt spätestens durfte man sich fragen: Hatte Herr Polenz Gründe, sich derart ungewöhnlich, ja bedenkt man die Umstände, ganz und gar unerklärlich zu verhalten! Und wie war seine Unfähigkeit zu deuten, das Museum, obwohl er es wünschte, zu verlassen, und warum fand er sich, kaum dass er ins Freie getreten war, an eben der Stelle wieder, die er hatte verlassen wollen! Und warum bekam er, wenn er das Handy hervorzog, keine Verbindung zu seiner Frau?

Wir wissen es nicht. Wir wissen nur: Stunden später war Herr Polenz immer noch im Museum, und irgendwann saß er abseits auf einer Bank und betrachtete Exponate, die das frühe Mittelalter kenntlich machen sollten. Im Grunde war da nichts weiter zu sehen als die Stirnseite eines Sarkophags: In der Mitte die Abbildung eines mit Leder gepanzerten Kriegers, links und rechts jeweils die Büste eines Männerkopfs, und den Sarkophag selbst hatte man, merkwürdig genug, zwischen zwei Mahagonischränke eingeklemmt. Und nun, während Herr Polenz versuchte, Details an dem Sarkophag zu erkennen, während er sich auf der Bank nach vorn beugte, kam es ihm vor, als wäre es selbstverständlich, dass es ihm nicht mehr gelang, durch eine der Drehtüren ins Freie zu kommen.

›Vielleicht erwartet mich draußen nichts mehr. Jedenfalls nichts, wofür es sich lohnte, besonders aufmerksam zu sein‹, dachte Herr Polenz, schämte sich aber gleichzeitig über dieses Eingeständnis. ›Immerhin‹, dachte er, ›habe ich zu Hause jemanden, der auf mich wartet. Und wie‹, dachte er, ›soll ich Sabine unter die Augen treten, wenn ich der Meinung bin, dass es sich, und nach fünfzehn Jahren Ehe, nicht mehr lohnt!‹

Also zog er wieder sein Handy hervor, wählte die Nummer seiner Frau, und als er, ›endlich‹, dachte Herr Polenz, oder bildete er sich dies ein, den gewünschten Anschluss bekam, versuchte er zu erklären, warum er noch nicht dazu gekommen sei, die Musikinstrumente und den Koffer auf dem Hängeboden zu verstauen. Er sei nach einem kurzen Spaziergang in das Deutsche Historische Museum gegangen und mehrmals daran gehindert worden, es zu verlassen. Aber er würde, versicherte

Herr Polenz, eine Möglichkeit finden, nach Hause zu kommen, und sie solle, darum würde er sie bitten, etwas Brot und Käse und eine Tasse Kaffee bereitstellen, denn er hätte noch nichts gegessen.

Er erhob sich, wollte nochmals zu einer der Drehtüren gehen, aber ihm fiel ein, dass man das Museum längst geschlossen hatte, also entschied er sich, den nächsten Morgen abzuwarten.

›Nie wäre es mir eingefallen, und für so lange Zeit, in einem Museum zu sitzen‹, dachte Herr Polenz, musste sich aber eingestehen, dass er jetzt, aus welchen Gründen auch immer, keine andere Wahl hatte, als auf dieses spärlich beleuchtete, in Kalkstein gehauene Relief zu starren.

Wieder versuchte er Einzelheiten zu erkennen, und merkwürdig: Je länger dies ging und je geduldiger er sich darauf einließ, irgendwann kam ihm, was er sah und was ihn umgab, nicht mehr so fremd und abgelegt vor. Im Gegenteil:

›Es hat durchaus etwas mit mir zu tun‹, dachte Herr Polenz, ging zum Sarkophag, strich behutsam, beinahe liebevoll, über die zerbröckelten Gesichter. Er wunderte sich, dass seine Frau keinen Versuch unternahm, zurückzurufen. ›Obwohl sie mich erwartet. Und wenn sie, worum ich sie gebeten habe, eine Tasse Kaffee bereitgestellt hat, dann müsste sie, da ich nicht gekommen bin, längst unruhig geworden sein. Sie weiß schließlich, wo ich bin, und könnte ohne weiteres versuchen, mich hier abzuholen.‹

Eine Viertelstunde später war Herr Polenz wieder in Richtung Rolltreppe unterwegs. Er hatte das Bedürfnis, sich bei seiner Frau, die sicher längst versucht hatte, durch die Drehtür des Neubaus ins Innere zu gelangen, zu entschuldigen. Als er vor der gläsernen Fassade stand und in Richtung Festungsgraben sah, staunte er, wie hell draußen alles war und dass man, ›unmöglich bei den wenigen Laternen‹, dachte Herr Polenz, in die entferntesten, von Sträuchern umstandenen Winkel blicken konnte. Auch die Krähen in den Bäumen vor der Rückwand der Neuen Wache waren deutlich zu erkennen, aber er sah, wie oft, wie ungeduldig er auch vor der durchsichtigen Fassade auf und ab ging, nirgends jene, auf die er wartete.

›Sie wird sich verspätet haben‹, dachte Herr Polenz, zog sein Handy hervor, bemerkte, dass die Batterie beinahe leer war. ›Ich darf den Kontakt nicht verlieren‹, dachte er, wählte, es war das letzte Mal, die vertraute Nummer. Er hörte, dass der Anschluss zustande kam, hörte ein drei-, vier-, fünfmaliges Klingeln. Niemand antwortete. Dann, nach einem heiseren, irgendwie unangenehmen Knackton, war alles still.

Nochmals versuchte sich Herr Polenz zu vergewissern, ob die Fenster zu seiner Wohnung erleuchtet waren, konnte es aber, da die Luft hinter dem Festungsgraben diesig zu werden begann, nicht mit Sicherheit sagen. Es schien ihm auch unwichtig.

›Wenn ich Sabine hier nirgends sehe, wird sie am anderen Eingang auf mich warten‹, dachte Herr Polenz, und er hatte gute Gründe, anzunehmen, dass er mit seiner Vermutung recht hatte. ›Sie mag es nicht, wenn man ihr Umstände macht, aber wenn man sie um etwas bittet, ist sie zuverlässig‹, dachte er.

Und nun geschah etwas, womit er nicht gerechnet hatte. Es begann damit, dass Herr Polenz, als er den Neubau verließ, das Gefühl hatte, er wäre nicht allein, und als er die Rolltreppe hinter sich hatte, als er sich dem Schlüterhof näherte, sah er, dass ihm jemand vorausging, zögernd und als würde er darauf achten, ob ihm jener in seinem Rücken, nämlich Herr Polenz, auch wirklich folgte. Immer wieder blieb er stehen, als müsse er den Abstand, der zwischen ihnen herrschte, verringern, aber er drehte sich, ›es wird jemand vom Nachtdienst sein‹, dachte Herr Polenz, niemals um. Den Schlüterhof überquerte er in einem Bogen, dabei hielt er den Kopf leicht geneigt, eine Geste, als wolle er dazu auffordern, an ihm vorbeizugehen. Nachdem er durch die

Tür zur Eingangshalle getreten war, ließ er beide Flügel weit geöffnet, und nun, nachdem auch Herr Polenz näher gekommen war, wurde klar, worauf der andere, der sich in Richtung Kassenschalter entfernte, auf so diskrete Weise aufmerksam machen wollte.

Man hatte seine Frau ins Museum gelassen, die offenbar wieder gegangen war und die statt der erbetenen Tasse Kaffee etwas anderes zurückgelassen hatte: Da befanden sich in der äußersten Ecke der Halle der Koffer, daneben die Querflöte und das Fagott, und zwar genau so, wie er, Herr Polenz, sie vor Stunden im Flur seiner Wohnung hatte stehen lassen.

»Sabine!«, rief Herr Polenz noch, begriff aber sofort, wie zwecklos und unmöglich es war, des Nachts und in einem fremden Gebäude Krach zu machen.

IV

Ich gebe zu, ich mache mir unnötige Gedanken, und ich hatte unlängst die Gelegenheit, vor einem dunklen Korridor zu sitzen. Wie es dazu kam, will ich gern erzählen. Ich gehe hin und wieder ins Deutsche Historische Museum, nicht weil mich die Rudimente, die dort ausgestellt sind, interessieren würden. Nein, die kunstvoll dekorierten Eisen- und Blechhelme, die Spieße und Musketen, die ausgebleichten Uniformen, die Gemälde und Plakate verweisen zwar auf das Vergangene, aber was hat der Besucher davon, wenn er die Hinterlassenschaft einer Zeit betrachten darf, die ihm ansonsten vorenthalten wird? Also ist man enttäuscht, geht weiter, beginnt sich zu langweilen, und irgendwann achtet man auf Dinge, die man normalerweise übersehen würde.

In der Abteilung, die der Reformation gewidmet ist, befindet sich eine Uhr. Sie ist gute zwei Meter fünfzig hoch, Räderwerk und Pendel werden durch kräftige Balken gehalten, aber das ist es nicht, was einem auffällt, vielmehr verdeckt das Gebilde einen schmal gehaltenen Gang, der sich auszudehnen scheint, obwohl dies unmöglich ist, denn nach wenigen Schritten, wenn man die Nordwand des Museums im Blick hat, ist da kein Platz mehr. Der Gang selbst ist ohne Licht, aber bis zur Mitte fällt ein schwacher Schein von außen, von den Ausstellungsräumen her, ein, der ausreicht, um den Eindruck zu erwecken, da befände sich, wie gesagt, halb versteckt hinter einer Uhr, ein Durchgang, der irgendwohin führt, eben ein dunkler Korridor.

Nun wäre damit nichts gewonnen, und solch ein Raum, der ungenutzt bleibt und in dem hin und wieder Putzeimer stehen, weil man vergessen hat, sie wegzuräumen, solch ein Raum verdient keinerlei Beachtung, und es ist kein Zufall, dass man ein Exponat, nämlich die Uhr, dorthin gerückt hat. Offensichtlich wollte man einen Teil des Museums, der sich nicht einordnen ließ, kaschieren, hatte aber doch genügend Platz gelassen, so dass es möglich war, den Korridor zu betreten, an dem ich, wenn ich vorbeikam, bei aller Flüchtigkeit schon sehr früh etwas Unstimmiges bemerkte, und als ich hellhörig wurde, als ich glaubte, von dort her eine vage, weil weit entfernte Stimme zu hören, beschloss ich, mir die Sache anzusehen.

Zunächst stand ich vor der Uhr, bewunderte die

Diskrepanz zwischen dem fein gearbeiteten Zifferblatt und den groben Eisenteilen, die man tief in die Balken getrieben hatte. Was hier lediglich das Vergehen der Zeit anzeigen sollte, wirkte, da es so überdimensional groß war, einschüchternd. Ich zögerte, zwängte mich schließlich doch hinter das Holzgestell, und merkwürdig: Obwohl es mir unmöglich schien, aus dem Raum, der dahinter lag, wenn auch nur vage, so etwas wie eine Stimme zu hören, stand ich nach einer Viertelstunde immer noch da und bemerkte jetzt erst, dass man mich beobachtete. Genauer: Da ging jemand vom Aufsichtspersonal auf dem Hauptgang hin und her, wartete geduldig, bis ich mich an der Rückseite der Uhr ins Freie gezwängt hatte, und als ich auf ihn zuging, um mich, immerhin hatte ich mich unkorrekt verhalten, zu erklären, schien er amüsiert zu sein.

»Da ist nichts«, sagte er und wies in Richtung Korridor.

Ich bedankte mich, ging weiter, fest entschlossen, mich nicht irritieren zu lassen und mir die Bereiche, die mich interessierten, es war vor allem die Zeit des Rokoko, nochmals anzusehen, aber schon als ich vor einem Gemälde aus dem Jahr 1784 stehen blieb, kamen mir wieder unnötige Gedanken.

›Wie kann man Gefallen daran finden‹, dachte ich, ›Dinge zu betrachten, die schonungslos und unwiderruflich darauf hinweisen, dass die Welt, die sie hervorgebracht hat, ein für alle Mal verschwunden ist‹.

Ich trat näher heran, las den Namen des Malers. Es war Tischbein der Ältere, der, wer weiß, vielleicht über Monate hinweg, damit beschäftigt gewesen war, diese Allegorie, die er »Trauernde Elektra« nannte, zu malen.

›Aber es hat ihm nichts genützt‹, dachte ich und meinte damit, dass es hier einem Künstler, indem er dies malte, zwar gelungen war, die Zeit zu überwinden, aber er selber hatte dabei verloren. ›Wie alle, deren Spuren hier zu besichtigen sind‹, dachte ich.

Tage später war ich erneut im Museum, um einige Fotos zu machen. Zunächst ging ich ziellos durch die Räume, überlegte, ob ich zuerst das Gemälde aus dem Rokoko, das mich beunruhigt hatte, aufsuchen sollte, ging dann aber doch zu der Uhr mit dem Holzgestell, und da stand er wieder, der mich das letzte Mal beobachtet hatte. Er musterte meine Kamera, wir hatten gerade noch Zeit, miteinander, wohl aus Höflichkeit, einige Worte zu wechseln, dann war ich schon dabei, das Blitzlicht einzuschalten, und der andere entfernte sich, sah mir aber, nachdem ich zu fotografieren begonnen hatte, von weitem zu.

Dies irritierte mich. Ich unterließ, was ich mir vorgenommen hatte, nämlich mich hinter das Holzgestell zu zwängen, um die Kamera auf den Eingang des Korridors und womöglich ein Stück darüber hinaus bis zur Mitte, hinter der die Dunkelheit begann, zu richten. Ich fürchtete, mich damit, wie einmal schon, lächerlich zu machen, und so ging ich, nachdem ich die Uhr fotografiert hatte, wieder auf den Gang hinaus.

»Sie wollen den Korridor fotografieren?«, fragte der Angestellte. »Ich sagte doch bereits, da ist nichts.«

Er wies darauf hin, dass es verboten sei, in dem Museum eine Kamera zu benutzen, und als ich mich weigerte, darauf einzugehen, als ich das Blitzlicht erneut einschaltete, als ich versuchte, mich doch noch hinter das Holzgestell zu zwängen, nahm er mir die Kamera aus der Hand.

»Was erlauben Sie sich!«, rief ich, riss die Kamera wieder an mich, und nun verlor ich die Beherrschung. Ich erklärte, dass ich ein Recht hätte, den Korridor zu fotografieren, da hier ansonsten nichts Nennenswertes zu sehen sei. »Sie verweisen auf eine verschwundene Welt«, rief ich, »die aber nirgends zu entdecken ist! Und wie soll man sich an diesem Ort zurechtfinden, wenn einem der Sinn der Stofffetzen und Bilder verweigert wird!«

Damit ließ ich den Angestellten stehen, beeilte mich, zur Treppe zu kommen, ging hinunter ins Café und bestellte einen doppelten Whisky. Allmählich wurde ich ruhiger, und nun bereute ich meine Unbeherrschtheit.

›Wie komme ich dazu‹, dachte ich, ›mit einem Angestellten, dem nun wahrlich nichts anderes übrigbleibt, als seinen Dienst, das ewige Auf-und-ab-Gehen, mit Anstand hinter sich zu bringen, und der mir keineswegs erklären muss, warum das Fotografieren in diesem Haus verboten ist, wie komme ich dazu‹, dachte ich, ›mit solch einem Mann Streit anzufangen.‹

Ich hatte, da ich in der Nähe der Tür saß, die Eingangshalle im Blick, achtete darauf, ob der Angestellte, mit dem ich immerhin in ein, wenn auch kurzes, Handgemenge geraten war, ob er irgendwo auf der großen Treppe auftauchen würde, und da dies nicht geschah, entschloss ich mich, in das obere Stockwerk zurückzugehen, um mich in aller Form zu entschuldigen.

Auf der Treppe hatte ich Mühe, an den Jugendlichen, offenbar einer Schulklasse, vorbeizukommen. Immer wieder wurde ich angerempelt, so dass ich gezwungen war, mich am Geländer festzuhalten. Oben angekommen, suchte ich die Nebenräume ab. Der Hauptgang war menschenleer. Die

Fenster zum Schlüterhof waren weit geöffnet, so dass einem kühlere Luft entgegenkam, und noch etwas hatte sich verändert. Ich sah, dass man die Uhr verrückt hatte. Sie stand jetzt, obwohl sie, was hinter ihr lag, immer noch abdeckte, schräger als sonst. Auf der rechten Seite war eine Art Durchgang entstanden, so dass man ohne weiteres hinter das Holzgestell treten konnte, und in der Nähe des Korridors befand sich, ich traute meinen Augen nicht, ein Stuhl.

Zunächst dachte ich an eine Provokation. Denn immerhin hätte der, dem ich mit meinem Interesse an dem Korridor auf die Nerven gegangen war, allen Grund gehabt, mir auf diese, zugegeben sarkastische, Weise zu antworten. Aber vielleicht wollte er mir lediglich zeigen, wie besucherfreundlich dieses Museum war und dass man sich darauf verstand, auch auf die sonderbarsten Wünsche einzugehen. Umso erstaunlicher also, dass man, um derartig kulant zu erscheinen, nicht etwa einen schäbigen Hocker bereitgestellt hatte. Nein, da stand, nochmals gesagt, ein Stuhl mit einer hohen Lehne, und niemand ging, um mich zu beobachten, in unmittelbarer Nähe hin und her.

Die Fenster zum Schlüterhof wurden geschlossen, man hörte, wie das Aufsichtspersonal miteinander redete, dann, man schob noch die Bänke zurecht, war alles still. Ich setzte mich, hatte den Stuhl vor den Eingang des Korridors gerückt, um mich den Blicken Neugieriger zu entziehen. Ich griff in die Manteltasche, bemerkte, dass ich die Kamera im Café liegen gelassen hatte, beschloss, mich später darum zu kümmern, und nun war ich, Pendel und Zifferblatt der Uhr und einen Querbalken im Rücken, mit dem Korridor, der vollkommen dunkel war, allein. Endlich hatte ich Zeit, niemand hinderte mich daran, ihn näher in Augenschein zu nehmen, und zunächst versuchte ich herauszufinden, ob da ein Ende zu erkennen war.

›Es sind keine zehn Meter, dann beginnt die Außenwand‹, dachte ich.

Aber ob dies so war oder ob das, was im Dunkeln lag, darüber hinausging, war nicht mit Sicherheit auszumachen, und ich widerstand der Versuchung, einfach hineinzugehen, um mich an den Wänden entlang vorzutasten. Andererseits fühlte ich mich, da ich auf dem Stuhl saß, den man mir hingestellt hatte, verpflichtet, nun auch zu beweisen, dass der Korridor das einzig Erwähnenswerte an diesem Museum war.

›Ich will es versuchen‹, dachte ich, beugte mich nach vorn, und nun fiel, da mein Rücken das Holzgestell der Uhr nicht mehr abdeckte, genügend Licht vom Gang her in das Dunkel, das ich vor Augen hatte, so dass ich, daran bestand kein Zweifel, bis zum Ende des Korridors sah.

Es war tatsächlich so, wie ich es vermutet hatte, es war die Außenwand, die das Museum von Norden her einschloss. Da war alles dicht, es gab kein Weiterkommen. Man sah verputzte Ziegel, sonst nichts. Eine Weile saß ich bewegungslos da, spürte, wie unangenehm mir dieser Anblick war. Aber Geduld, noch war nichts entschieden.

›Hier ist alles geordnet und einsehbar. Nirgends ein Hinweis darauf, dass hinter den Dingen etwas lauert. Und doch‹, dachte ich, ›müsste es, und besonders in diesem Gebäude, eine Möglichkeit geben, zu erfahren, was einen, wenn man das Phänomen der Zeit hinter sich gelassen hat, erwartet.‹

V

Nochmals gesagt: Das Deutsche Historische Museum ist eine touristische Attraktion. Man kennt die mehr oder weniger geschmackvoll dekorierten Hallen und Zimmer, die dem Besucher so etwas wie Geschichte vortäuschen sollen, und wenn man das Gebäude von der Straße Unter den Linden aus betritt, wenn man die Drehtür, die in den Kassenraum führt, hinter sich gelassen hat, bewundert man die Weitläufigkeit der Treppenaufgänge.

Dies geschieht am Tage, genauer zwischen zehn Uhr morgens und sechs Uhr nachmittags, solange das Museum geöffnet ist. Danach, wenn der letzte Besucher gegangen ist, wird es still. Die Heizkörper werden allmählich kälter, irgendwann wird es, obwohl die Notbeleuchtung brennt, schlagartig dunkel, und nur über dem Glasdach im Schlüterhof hält sich ein schwacher Schein. Die Unübersichtlichkeit eines solchen Gebäudes, das auf einer achttausend Quadratmeter großen Fläche achttausend

Exponate ausstellt, ist derart, dass es von überall her zu irritierenden Erscheinungen kommen kann. Immer wieder ist da, und besonders wenn man allein ist, ein Knacken unter dem Fußboden oder ein Gluckern in den Heizkörpern oder sonst irgendein Geräusch zu hören.

›Völlig normal und kaum der Rede wert‹, denkt man.

Ebenso könnte man auch jenen Schatten, der augenblicklich, es ist ein Uhr nachts, im südlichen Teil des Erdgeschosses auftaucht, unbeachtet lassen, wäre da nicht die gebeugte Haltung, die einem bekannt vorkommt. Da bewegt sich jemand langsam und müde, und als würde er Hände schütteln, hierhin und dorthin. Und trägt er nicht, tief in die Stirn gezogen, eine militärische Schirmmütze, die Europa, nein die halbe Welt, über ein Jahrzehnt hinweg zu fürchten hatte? Wäre es so, dann würde da etwas geschehen, das die Möglichkeiten eines solchen Museums, das auf Seriosität, auf Überprüfbarkeit seiner Exponate, ja auf strikteste Wissenschaftlichkeit angewiesen ist, übersteigt. Wir befänden uns in der Welt der Vorstellungen und damit auf einem anderen Wahrheitsgrund, und so wäre es auch völlig plausibel, wenn in der Eingangshalle, die eben noch verlassen und in unheimlicher Ruhe dalag, plötzlich zwei Personen sitzen würden, die eine auf der äußersten Kante eines Stuhls, die andere auf einem Hocker. Man scheint einander nicht zu erkennen, ist aber doch bemüht, nachdem man eine Weile geschwiegen hat, höflich zu erscheinen.

»Warum sind Sie hier, wenn ich fragen darf?«, sagte jene, die auf dem Hocker saß und offenbar Schwierigkeiten hatte, sich gerade zu halten. Sie trug ein wollenes Schultertuch, darunter ein schwarzes, ärmelloses Kleid, ein Anblick, der befremdlich wirkte, und sie litt, das war unverkennbar, an einer Missbildung: Das linke Schulterblatt ragte aus dem Rücken heraus, so dass der Eindruck entstand, sie hätte einen Buckel. «Warum sind Sie hier, wenn ich fragen darf?«, wiederholte sie, und die andere, die auf dem Stuhl saß, antwortete leise und mit zögernder Stimme: »Ich suche meinen Sohn.«

Sie hatte sich abgewandt, die gefalteten Hände lagen auf dem Schoß, und auch sie war, ebenso wie die Bucklige, altmodisch gekleidet. Sie trug, wie es um die Jahrhundertwende üblich war, ein Samtband im Haar, das streng gescheitelt und im Nacken zu einem Knoten gebunden war. Die Jacke mit dem weißen Kragen war geschlossen, und darunter sah man das viereckige, in Falten gelegte Beffchen mit einer Brosche. Man hörte Schritte, jemand räusperte sich, eine Angestellte, die Nachtdienst hatte, wurde sichtbar. Einen Ring mit Schlüsseln in der

Hand, stand sie plötzlich vor der Tür, die in die unteren Ausstellungsräume führte, und sie musterte mit raschen, energischen Blicken die Halle.

»Die Besuchszeit ist zu Ende!«, rief sie, blieb, als wollte sie ihrem Zuruf Nachdruck verleihen, unbeweglich im Türrahmen stehen, und die Frauen in der Halle waren damit beschäftigt, herauszufinden, was ihr Auftauchen zu bedeuten hatte.

Sicher, sie wussten, dass sie in einem Museum waren und dass hier Vorschriften galten, die sie einzuhalten hatten, aber es fiel ihnen schwer, zu begreifen, was man von ihnen wollte.

»Ich möchte Sie bitten«, sagte jene, die auf der Stuhlkante saß, unterbrach sich aber sofort wieder, vielleicht, weil sie nicht darauf hoffen konnte, über die Distanz hinweg, es waren immerhin zwanzig Meter, und da sie so leise sprach, gehört zu werden.

Die Bucklige verließ den Hocker. Mit unsicheren Schritten beschrieb sie einen Kreis, wobei sie immer wieder den Kopf hob, um die Plakate an den Wänden ringsherum zu betrachten. Sie zögerte, ob sie sich der Angestellten in der Tür nähern sollte. Zuletzt kam sie zurück, zog den Hocker in die Nähe des Stuhls und sagte:

»Wo ist denn Ihr Sohn? Und warum, verzeihen Sie die Frage, müssen Sie ihn suchen!«

Die mit dem Samtband im Haar versuchte zu

antworten, genauer: Sie fand es offenbar nötig, erst einmal zu erklären, dass sie selbst keinen Grund hätte, sich um ihren Sohn Sorgen zu machen. Schon gar nicht, da sie sich, als er achtzehn Jahre alt wurde, davon hatte überzeugen können, wie gewissenhaft und hilfsbereit er gewesen war.

»Dann«, fügte sie hinzu, »bin ich leider meiner schweren Krankheit erlegen und möchte gern wissen, was aus ihm geworden ist. Und nicht wahr«, sagte sie, »wer in seiner Jugend so gute Eigenschaften hatte, warum sollte der, wenn er erwachsen ist, davon lassen.«

Sie erwähnte, dass sie mit Mädchennamen Pölzl hieß und in der Gegend des Waldviertels an der böhmisch-mährischen Grenze sesshaft gewesen sei. Dort hätte sie ihren Cousin geheiratet, und sie bedauerte, dass von ihren sechs Kindern nur zwei am Leben geblieben seien.

»Ja, das war damals leider so«, sagte die Bucklige und sprach nun ihrerseits davon, dass sie bemüht gewesen sei, ihrer Schwester bei der Geburt eines ihrer Kinder zu helfen.

»Klara war ja immer so geschwächt«, versicherte sie, »und die Hebamme Pointecker überfordert.«

»Pointecker!«, rief die Frau auf dem Stuhl. »Sie kennen Franziska Pointecker? Mit ihrer Hilfe habe ich meinen Sohn geboren.«

»Wie hieß er?«

»Adolf.«

Dieser Name stand nun im Raum. Und auch, dass wieder der Name Pölzl fiel, so nannte sich die Bucklige, und dass auch sie, wie sie beteuerte, in der Gegend der böhmisch-mährischen Grenze sesshaft gewesen war, dies alles deutete darauf hin, dass die beiden verwandt miteinander sein mussten. Ja vielleicht waren es sogar Geschwister, die in dem Zustand, in dem sie sich jetzt befanden, Mühe hatten, sich zu erkennen. Sie schwiegen, sahen einander ins Gesicht. Die Angestellte in der Tür zum Südflügel wurde ungeduldig.

»Haben Sie nicht gehört? Die Besuchszeit ist zu Ende!«, rief sie, aber die beiden Frauen, die verpflichtet gewesen wären, dieser Anweisung zu folgen und die Eingangshalle zu verlassen, rührten sich nicht.

Sie blieben sitzen, und jetzt spätestens durfte man sich fragen: Konnte es sein, dass der Schatten, der jede Nacht im südlichen Teil des Museums auftauchte, der sich gebeugt hielt, eine militärische Schirmmütze trug und langsam und müde und als würde er Hände schütteln, hierhin und dorthin unterwegs war, konnte es sein, dass dieser etwa fünfzigjährige Mann, den Europa, nein die halbe Welt einmal fürchten musste, dass ausgerechnet er jene zur Mutter hatte, die in der Eingangshalle auf ihn wartete? Natürlich war es so, und dies war auch der Grund, warum die Angestellte, die eben noch energisch, das Schlüsselbund in der Hand, gefordert hatte, dass man die Vorschriften des Museums einhielt, warum sie auf den Gang, der in die unteren Ausstellungsräume führte, hinaustrat und versuchte, den Ruhelosen, der an ihr vorbeiging, anzusprechen.

»Sie werden erwartet«, sagte sie, aber der andere nahm keinerlei Notiz davon.

Er ging weiter, immer nur weiter, schien sich zu beschweren. Die Angestellte hörte ein ununterbrochenes Gemurmel, weigerte sich aber, jenem, den man tatsächlich auf den Namen Adolf getauft hatte, zu folgen. Sie ging in die Eingangshalle zurück, gab, da sie wusste, dass man sie nicht befolgen würde, keinerlei Anweisungen mehr.

Stattdessen sagte sie, und dies war durchaus verständnisvoll gemeint:

»Es tut mir leid, dass Ihr Sohn sich weigert, Sie zu empfangen. Aber ich habe ihm gesagt, dass Sie da sind.«

Die beiden Schwestern begannen Erinnerungen auszutauschen. Johanna, die Bucklige, sprach davon, dass sie Zeugin gewesen sei, wie sehr Klara unter der Geburt ihrer Kinder gelitten hätte, und

Klara, die es sich jetzt auf dem Stuhl, sie berührte die Lehne mit den Schultern, bequemer gemacht hatte, Klara erwähnte den Tod ihres Mannes und dass sie danach das Haus in Leonding verkauft habe und mit den Kindern in eine Wohnung nach Linz gezogen sei.

»Das war schon die Zeit, in der ich nicht mehr dabei war«, sagte Johanna.

»Ja«, sagte Klara. »Du hattest schon früh, und niemand konnte dir helfen, deine eigenen Schwierigkeiten.«

»Allerdings«, sagte die Bucklige, und nun geschah etwas, das schwer mit anzusehen war.

Sie lachte schrill auf, versuchte sich zu erheben, rief ein paar unverständliche Worte, dann versagte ihr die Stimme. Sie rührte sich nicht mehr, sah mit einem Ausdruck völliger Gleichgültigkeit vor sich hin, und von ihren Lippen tropfte der Speichel. Klara erhob sich, streifte das Tuch von ihren Schultern, legte es der Schwester behutsam übers Haar, und zwar so, dass es auch deren Gesicht verdeckte.

»Was hat sie?«, fragte die Angestellte.

»Nichts von Belang«, sagte Frau Pölzl. »In ein paar Minuten ist alles vorbei. Das kommt davon«, fügte sie hinzu, »wenn man solch eine Missbildung zu ertragen hat. Deswegen war sie auch nie verheiratet.«

Eine Woche verging. In der Eingangshalle hatte sich nichts verändert. Klara und ihre Schwester saßen immer noch da. Johanna ging es offenbar besser. Sie hatte eine Nadel in der Hand, war damit beschäftigt, irgendetwas an ihrem Kleid auszubessern. Die Angestellte stand in der Tür, und es war unverkennbar, dass sie kein Interesse daran hatte, das zu tun, worum Frau Pölzl sie gebeten hatte, nämlich eine Begegnung mit ihrem Sohn herbeizuführen. Stattdessen begann sie ein Gespräch.

Ob denn die Gegend an der böhmisch-mährischen Grenze besonders schön sei, wollte sie wissen.

»Ja, doch«, antwortete Klara. »Aber letzten Endes fühlt man sich dort sehr einsam.«

»Haben Sie auf den Feldern gearbeitet?«

»Kaum. Ich hatte Glück und bin nach dem Schulabschluss sofort als Dienstmädchen untergekommen.«

»Bei Ihrem Cousin Alois, den Sie 1885 geheiratet haben«, sagte die Angestellte, zog einen Taschenkalender hervor und begann, darin zu blättern. Offenbar hatte sie sich Notizen gemacht, die biographischen Daten der Klara Pölzl betreffend, und sie begann, was auf dem Papier stand, vorzutragen.

»Sie waren dreiundzwanzig Jahre jünger als Ihr Mann«, sagte sie, »und Sie mussten für diese Heirat eine kirchliche Erlaubnis einholen. Aus der Ehe gingen sechs Kinder hervor, vier Söhne und zwei Töchter. Der Sohn Gustav starb zweieinhalb Jahre nach seiner Geburt, ebenfalls die Tochter Ida. Der Sohn Otto wurde tot geboren. Über Adolf sollte man besser schweigen. Edmund starb mit sechs Jahren, und die Tochter Paula hat Adolf, über den man besser schweigen sollte, um fünfzehn Jahre überlebt.«

Sie wollte noch auf andere Einzelheiten eingehen, wurde aber unterbrochen.

»Was erlauben Sie sich!«, rief Johanna. »Niemand hat Sie darum gebeten, im Privatleben meiner Schwester herumzuschnüffeln! Ja, sechs Kinder, die meisten davon gestorben und in billigen Särgen unter die Erde gescharrt! Und was Ihre abfällige Bemerkung über Adolf angeht, wir sind froh, dass er, wie Paula, am Leben geblieben ist! Er war der Begabteste. Und ich selbst, seine Tante, habe ihm immer wieder Geld gegeben, damit er seiner Berufung folgen und die Akademie in Wien besuchen konnte!«, rief sie.

»Ich will Sie nicht beleidigen«, sagte die Angestellte, »aber Sie galten, auch das kann man überall nachlesen, als debil. Und eines ist sicher: Wären Sie nicht 1911 gestorben, dreißig Jahre später hätte Sie der Führer, wie die Umstände nun einmal waren, in die Gaskammer geschickt.«

»Was für ein Führer?«

Ja, was für ein Führer. Auch diese Frage stand nun im Raum, und niemand konnte den beiden Frauen unterstellen, dass sie wussten, wovon hier die Rede war. Für Augenblicke herrschte Ratlosigkeit. Die Angestellte steckte den Kalender in die Jackentasche zurück. Sie entfernte sich. Man hörte, wie sie telefonierte. Dies dauerte und dauerte, aber die Frauen, die in dem Zwielicht wie Schemen wirkten, hatten unendlich viel Zeit, und irgendwann stand die Angestellte wieder in der Tür und sagte:

»Ich bitte um etwas Geduld. Aber es könnte sein, dass jemand herkommt, der Ihnen alles besser erklären kann.«

Keine Viertelstunde später erschien ein korrekt gekleideter Herr, offensichtlich ein Vorgesetzter. Er gab der Angestellten die Hand. Man tauschte Informationen aus.

Die Angestellte wies mit ausgestrecktem Arm auf die beiden Frauen, und nun begann der Hinzugekommene, wobei er seinen Schlips am Hemdkragen lockerte, zu reden.

Es sei nicht üblich, erklärte er, dass ein Vertreter der Museumsleitung zu dieser Zeit, auch wenn es von Dringlichkeit sei, in der Eingangshalle erscheinen würde. Aber da es, das habe man ihm versichert, die Mutter Adolf Hitlers sei, die darum gebeten hätte, ihren Sohn zu sehen, wolle er versuchen, in der Sache zu vermitteln.

»Gnädige Frau«, sagte er, »haben Sie wirklich vor, jemanden zu sehen, von dem es besser wäre, Sie hätten ihn vergessen? Immerhin, Sie sind 1907 gestorben, und für die Zeit danach sind Sie für alles, auch wenn es im Namen eines Ihrer Kinder geschah, nicht verantwortlich. Und ist es wirklich notwendig, jenen, der so viel Unglück über die Welt gebracht hat und der zu Recht in diesem Museum als abschreckendes Beispiel ausgewiesen wird, danach zu fragen, wie es ihm im Leben ergangen sei? Gehen Sie, ich bitte Sie, wieder nach Hause«, sagte der korrekt gekleidete Herr, »dorthin, wo Sie, das wissen wir alle, als ehrliche, arbeitsame Hausfrau gelebt haben, deren ganze Sorge dem Werden und Wohlergehen der Kinder galt. Und glauben Sie mir«, fügte er hinzu, »es war nicht nur Ihr Sohn, der die Vergangenheit, die wir hier dokumentieren, so unerfreulich gemacht hat. Hier hängen überall, und ohne dass wir daran etwas ändern könnten, die Konterfeis herrschsüchtiger Psychopathen.«

Er rückte seinen Schlips zurecht, setzte die rechte Hand an die Stirn, als müsse er die Person, an die seine Worte gerichtet waren, näher in Augenschein nehmen.

»Tja«, sagte er, nachdem von den Frauen keinerlei Reaktion kam. »Tja«, sagte er, »ich bleibe noch einige Minuten. Am besten, Sie denken über das, was ich Ihnen geraten habe, nach.«

Er begann, mit der Angestellten die Halle zu inspizieren, gab, wo Mängel waren, Anweisungen, sie zu beheben. Die Angestellte notierte alles in ihrem Taschenkalender.

»Also: Was kann ich für Sie tun?«, fragte der Herr von der Museumsleitung, nachdem er wieder, die Angestellte hatte sich entfernt, vor die Tür getreten war.

Er sah auf die Uhr, wollte zeigen, dass er, obwohl man seine Geduld strapazierte, immer noch voller Verständnis war, und als er den Frauen nochmals eindringlich riet, von einer Sache, die derart aussichtslos und unerfreulich war, zu lassen, als er erklärte, dass man an einer solchen Ungeheuerlichkeit, auch wenn sie den eigenen Sohn betraf, besser nicht rühren sollte, sagte Klaras Schwester Johanna laut und deutlich:

»Wir wissen nicht, wovon Sie reden. Adolf wollte, das kann ich bezeugen, nichts anderes als Maler werden. Und was kann man jemandem, der Maler werden will, letzten Endes vorwerfen.«

»Verstehe«, sagte der korrekt gekleidete Herr, und damit schien die Sache irgendwie geklärt. Denn nun blieb ihm, da er die beiden nicht zwingen konnte, das Museum zu verlassen, nichts anderes übrig, als sich zu verabschieden. »Dann müssen Sie selbst sehen, wie Sie zurechtkommen«, sagte er, erwähnte noch, dass er alle Türen in diesem Gebäude offen lassen würde. »Vielleicht gelingt es Ihnen«, sagte er, »dort, in den alten Wochenschauen, jenen wiederzuerkennen, den Sie suchen. Und wenn nicht«, fügte er hinzu, »sehen Sie sich auch in den oberen Ausstellungsräumen um. Wir haben Ihren Sohn hier, wie man so sagt, in sicherer Verwahrung, können aber nichts daran ändern, dass er ruhelos hierhin und dorthin unterwegs ist.«

Und nun waren die Geschwister, die in der Eingangshalle saßen, allein. Vom Portalfenster her hörte man einen Vogel flattern. Oder waren es Plastikteile, die sich am Vordach gelöst hatten? Johanna hob den Kopf, konnte aber nichts erkennen, Klara sah auf die offene Tür, in der niemand mehr stand. Sie sagte:

»Ich hätte nicht nach Linz ziehen sollen. In Leonding war die Luft besser, und vielleicht hätte ich dort einige Jahre länger gelebt.«

»Das könnte gut möglich sein«, antwortete Johanna.

»Ich möchte dir nochmals danken«, sagte Klara, »dass du mir damals so unermüdlich geholfen hast.

Es war ja nicht leicht, mit den Kindern zurechtzukommen, vor allem, wenn sie krank waren.«

Johanna winkte ab.

»Ich hätte gern eigene Kinder gehabt. Aber mit diesem Ding da«, sagte sie und deutete auf ihre Missbildung, »hatte ich keine Möglichkeiten.«

»Das haben wir bedauert.«

»Ja, ihr habt mich versteckt«, antwortete Johanna. »Weil ihr euch geschämt habt, eine Debile in eurem Haus zu wissen. Und wie oft habt ihr mich, wenn ich wieder einmal nicht beisammen war, in die Kammer gedrängt.«

Sie erwähnte noch, dass sie zuletzt, nach Klaras Tod und nachdem man ihr verboten hatte, die kleine Paula, Adolfs jüngere Schwester, zu sich zu nehmen, dass sie zuletzt weinend darum gebettelt hätte, ins Waldviertel an die böhmisch-mährische Grenze zurückkehren zu dürfen.

»Dort war ich allein, und ich fühlte mich sicher!«, sagte sie und schien etwas zu spüren, etwas, von dem sie sich bedroht fühlte. Denn plötzlich kam sie darauf zu sprechen, dass die Aussonderung, unter der sie in der eigenen Familie gelitten hätte, offenbar immer noch nicht vorbei sei. »Es riecht!«, rief sie und nochmals: »Es riecht!«, und eben erst, fügte sie hinzu, es seien keine zehn Minuten her, hätte man damit gedroht, sie wieder in eine Kammer zu drängen. Sie sprang auf, wollte zur Tür, und nun rangen die Frauen miteinander.

»Johanna!«, rief Klara und schüttelte ihre Schwester an den Schultern. »Johanna, was redest du da!«, rief sie und zerrte die andere, der die Stimme versagte, auf den Stuhl.

Und jetzt geschah genau das, worum sie so eindringlich gebeten hatte. Im Gang hinter der Tür erhob sich ein Schatten, der langsam näher kam, bis schließlich eine Gestalt sichtbar wurde. Sie wirkte müde, hielt sich gebeugt, trug, tief in die Stirn gezogen, eine militärische Schirmmütze, die Europa, nein die halbe Welt, über ein Jahrzehnt hinweg zu fürchten hatte, aber jetzt stand da, dies erkannte Klara sofort, kein anderer als ihr verlorener Sohn, den man, da er auf so blutige Weise unternehmend gewesen war, dazu verdammt hatte, auf ewig heimatlos zu sein. Darüber schien er sich zu beschweren, und als Klara ihn anrief, als sie ihn beim Namen nannte, wandte er sich ab, verschwand, so wie er gekommen war, in dem Gang hinter der Tür.

Johanna weinte, und Klara unterließ es diesmal, ihr das Tuch übers Haar zu legen. Sie spürte, dass sie es selber nötig gehabt hätte, und zuletzt saßen die beiden, Klara hatte sich mit auf den Stuhl gedrängt, in allzu enger Nähe da und versuchten, doch noch Klarheit zu gewinnen, darüber, ob es richtig gewesen war, herzukommen, und ob das Ganze nicht überhaupt ein Ding der Unmöglichkeit genannt werden musste.

Gab es sonst noch etwas zu erzählen? Vielleicht. Niemand in dem Museum hatte ein Interesse daran, dem ruhelosen Schatten zu folgen, aber wer ihm hinterhersah, konnte erkennen, dass er, seit die beiden Frauen in der Eingangshalle auf ihn gewartet hatten, des öfteren auf der Treppe, die vom Parterre zum oberen Stockwerk führte, stehen blieb, und es konnte vorkommen, dass er sich über das Geländer beugte und durch die offene Tür in die Halle sah. Es war, wie gesagt, nur ein Schatten, und man weiß schließlich, dass sich jener, der bis zuletzt eine Schirmmütze trug und Mühe hatte, aufrecht zu gehen, dass er sich erschossen hatte und dass sein Leichnam irgendwo im Freien mit Benzin übergossen und fast bis zur Unauffindbarkeit verbrannt worden war. Aber nun war er, zusammengesetzt aus den Bildern der Erinnerung, die man im Erdgeschoss zur Schau gestellt hatte, wieder anwesend, und es war ihm unmöglich, was er doch vorgehabt hatte, sich der Nachwelt ein für alle Mal zu entziehen. Zunächst könnte man vermuten, dass der Zuruf der Angestellten, nämlich: »Sie werden erwartet!«, nicht ohne Wirkung geblieben war. Dies würde erklären, warum der zum Schatten Gewordene vor der Tür zur Eingangshalle auftauchte, und dass er, nachdem die Mutter ihn beim Namen gerufen hatte, sofort wieder verschwand, auch dies ließe sich als Verlegenheit deuten. Es ist bekannt, dass der Achtzehnjährige am Tod seiner Mutter beinahe verzweifelte, so dass der Arzt, der am Sterbebett war, sich später erinnerte, er habe noch nie einen jungen Menschen so schmerzgebrochen und leiderfüllt gesehen. Zugegeben: Dies waren frühe, ach allzu frühe Umstände, aber offenbar waren sie jenem, nachdem er sich abgewandt hatte, wieder gegenwärtig. Denn in der Nacht darauf, als die beiden Frauen nicht mehr in der Eingangshalle saßen, sah man, wie der Ruhelose, zögernd zwar, aber schließlich doch den gefliesten Boden betrat und wie er zu dem Stuhl und dem Hocker ging, die man ineinandergeschoben an eine Wand gerückt hatte, und wie er, als wäre er in Gedanken, davor verweilte. Hier hatte nicht nur die Mutter gesessen, sondern auch die bucklige Johanna, seine Tante, die ihm, nachdem die Mutter gestorben war, zur Seite gestanden hatte, genauer: Sie hatte ihm, wenn dies nötig war, immer wieder Geld zugesteckt, so dass er sich in dem kalten, herzlosen Wien, wenn auch nur für kurze Zeit, hatte behaupten können. Andererseits gab es allzu oft, wenn sie sich sahen, ein unangenehmes Gekeife, und wenn er versuchte, dem auszuweichen, lief sie hinter ihm her. Dies wusste er noch, und vielleicht war das der Grund, warum er sich, nachdem er die Eingangshalle verlassen hatte, immer wieder umsah.

Er ging weiter. Vom Erdgeschoss aus, wo man sein verhängnisvolles Tun und Lassen besichtigen konnte, von den Schaukästen, Propagandafotos, den Vorführräumen, wo über Lautsprecher tagsüber seine Stimme zu hören war, ja von hier aus, wo er glaubte, ein Recht zu haben, sich zu beschweren, ging er bis zur Wendeltreppe, die ihn nach oben und somit in den Bereich führte, der mit den Jahreszahlen 1871 bis 1918 gekennzeichnet war, und nachdem er einen langen Flur hinter sich gelassen hatte, hier wurden kriegerische Handlungen wie Grabenkämpfe und Seeschlachten dokumentiert, bog er nach links ab, und vor dem Gemälde des Napoleon Bonaparte, als wäre dies der Ort, den er aufzusuchen wünschte, blieb er stehen.

Man kennt das Bemühen des Franzosen Gérard, der mit dem Glanz und dem Aufwand seiner Zeit diesen Emporkömmling gemalt hat. Unübersehbar die Menge an Brokat und dass der Lorbeerkranz doppelt und dreifach mit Gold überladen war. Dazu eine Art Zepter, das an die Machtfülle der römischen Kaiser erinnern sollte, und das Gesicht wirkte, trotz dieser Fülle an Bedeutsamkeit, knabenhaft und unschuldig.

Ja, unschuldig! Darüber ärgerte sich der Ruhelose, und wieder begann er sich zu beschweren, darüber, dass man ihn, dessen Eroberungen bedeutender als jene des Korsen ausgefallen waren, dass man ihn wie einen Paria in ein paar Kellerräume verbannt hatte. Jenen aber, der sich nach der Niederlage nicht entzogen, sondern von seinen Feinden hatte demütigen lassen, ihn hatte man feierlich in den Pariser Invalidendom überführt, und sogar hier, in diesem Museum, wurde ihm die Ehre zuteil, gut eingerahmt und hoch erhoben, sozusagen als kostbares, sorgsam renoviertes Exponat, eine ansonsten kahl gehaltene Wand zu schmücken!

Der Ruhelose wandte sich ab, kehrte aber diesmal nicht, wie er es gewohnt war, auf kürzestem Wege in das Erdgeschoss zurück. Stattdessen schlenderte er auf das frühe 19. Jahrhundert zu. Hier war ihm alles fremd, und vor dem Pavillon mit der Büste des Marquis de Lafayette nahm er, um die Gemälde auf der Empore, die er entdeckt hatte, besser betrachten zu können, seine Schirmmütze ab. Er betrat die hölzerne Treppe, und nun hatte er eine Begegnung, auf die er nicht vorbereitet war.

»Gefällt es Ihnen?«, fragte jemand, der ihm plötzlich im Rücken stand, und als er sich umdrehte, sah er in ein blasses, freundlich lächelndes Gesicht. Es war John Opie, dem es offenbar schmeichelte, dass man Interesse an seinen Bildern zeigte. Und da er nicht wusste, wen er vor sich hatte, und damit rechnen musste, dass auch der andere, der seine Schirmmütze wieder aufgesetzt hatte, ihn nicht kannte, begann er über sich zu reden, erwähnte, dass er in Cornwall, in der Nähe von Truro, geboren und in London, in der Berners Street, im Alter von fünfundvierzig Jahren gestorben sei. Man habe ihn, sagte er nicht ohne Stolz, das Wunder von Cornish genannt.

Er entschuldigte sich, wusste sehr wohl, dass es eine Zumutung war, sich einem Fremden derart direkt, wenn auch mit gebotenem Abstand, vorzustellen, und nun wartete er darauf, dass der andere etwas erwiderte, und sei es auch nur, um seine anfängliche Frage, nämlich, ob ihm die Bilder gefallen würden, zu beantworten. Aber der Ruhelose schwieg. Er rührte sich nicht, und seine Anwesenheit wirkte, je länger dies dauerte, für John Opie auf bedrohliche Weise unhöflich, so dass er wieder zu reden begann.

»Sehen Sie«, sagte er und wies mit dem Finger auf das Bild zu seiner Rechten, »hier liest jemand eine romantische Erzählung vor, und der Effekt der Verzückung wird einzig und allein durch die Verteilung von Licht und Schatten erreicht. Das Arrangement ist fließend, und was hatte ich für eine Mühe, die Gesichter nicht allzu gespenstisch erscheinen zu lassen.«

Immer wieder zeigte er auf Details, erklärte die Absicht und Raffinesse dieser und jener Einzelheit, und zuletzt verriet er, dass er allen Grund habe, zufrieden zu sein. Man habe ihn nicht nur, wie er es gewünscht hätte, in der St. Pauls' Cathedral neben dem berühmten Joshua Reynolds beigesetzt.

»Nein«, versicherte der Maler und richtete sich zu voller Größe auf, »nein«, wiederholte er, »meine Bilder werden weltweit in mindestens vierzig Galerien aufbewahrt. Ich kann also sagen, dass ich eine Form der Unsterblichkeit erlangt habe, die nur dem Künstler vorbehalten bleibt.«

Er hörte, wie jemand aufseufzte, konnte aber nicht sagen, ob es der mit der Schirmmütze war, der mit unruhigen Augen, aber ansonsten wie versteinert, die Bewegungen seiner Hände verfolgte. Einige Sekunden noch standen die beiden in unmittelbarer Nähe beisammen, dann war der Maler wieder verschwunden, und nur der Ruhelose hielt sich weiterhin auf der Empore mit den Bildern auf. Es war ein merkwürdiger Anblick. Es war, als würde, da er nicht nur eine Schirmmütze, sondern auch einen knöchellangen Militärmantel trug, es war, als würde ein Feldherr auf einem Hügel stehen, auf dem er nichts zu befehligen hatte. Dies Eingeständnis fiel ihm schwer, und vielleicht erinnerte er sich daran, dass ihm die Begegnung mit einem Künstler früher nicht gleichgültig gewesen wäre und dass er, aber auch dies waren frühe, ach allzu frühe Umstände, selbst einmal versucht hatte, mit Pinsel, Farbe und einer gebastelten Leinwand Aufmerksamkeit zu erregen.

Er verließ die Empore, blieb nirgends mehr stehen, auch das Portrait des Napoleon Bonaparte schien er nicht mehr zu beachten, und als er das Erdgeschoss wieder erreicht hatte, als er wusste, wie unausweichlich seine Rückkehr in die Bilderwelt des Schreckens sein würde und wie aussichtslos es war, sich darüber zu beschweren, trat er vor eine frischverputzte Mauer. Er berührte sie mit der linken Hand, tat so, als könne man sie beiseiteschieben und als wäre dahinter etwas zu erkennen. Die Reste des Führerbunkers vielleicht oder zwei, drei brennende Kerzen oder besser noch eine festlich gekleidete Frau, die ihm und den Besuchern des Museums hätte bezeugen können, dass er, der als Inkarnation des Bösen galt, zuletzt doch noch zu einer menschenfreundlichen Geste fähig gewesen war. Aber die Mühe war umsonst. Da war nichts. Man hatte, was er zu sehen wünschte, nirgends dokumentiert.

VI

An wem sich das Nichts, und in unwiderruflicher Weise, vollzogen hat, der kann nicht behaupten, er hätte alles, wovon er im Leben umgetrieben worden war, hinter sich gelassen, und diesmal war es ein Kind, das, so wurde berichtet, in der Enge des unteren Stockwerks, als ginge es im Kreis, immer wieder auftauchte. Manchmal konnte es vorkommen, dass es den Bereich, in dem es sich aufhielt, verließ. Dann begegnete man ihm auf den wenigen Stufen, die zum Schlüterhof führten, den es aber nie betrat. Wer das Kind war, wusste der, der es entdeckt hatte, nicht zu sagen, und da man die Sache rasch und ohne besonderen Aufwand erledigen wollte, beauftragte man einen Volontär, herauszufinden, ob das, was der Museumsleitung als Dienstvermerk vorlag, überhaupt möglich war. Dies geschah diskret, sozusagen hinter vorgehaltener Hand, und zunächst wartete jener, der sich dazu bereit erklärt hatte, umsonst.

Zwei, drei Nächte blieb er, halb versteckt, im

unteren Stockwerk, überblickte jenes Areal, in dem das Kind, wie ihm versichert wurde, entdeckt worden war. Aber da wollte sich niemand zeigen, und erst als der junge Mann, in der Annahme, es würde sich nichts mehr ereignen, auf den Gängen unterwegs war, als er überlegte, ob er einen der Filmprojektoren, die man abgeschaltet hatte, wieder in Bewegung setzen sollte, tauchte ein Mädchen auf, das an ihm vorbeiging. Es trug eine helle Bluse, dazu einen knielangen Rock, die Haare wirkten frisch frisiert, und es hatte einen schmalen, seidenen Schal über der Schulter, der bei seinen trippelnden Schritten in Bewegung geriet. Das Kind sah unglücklich aus. Tränen liefen über das blasse Gesicht, und der Volontär sah, wie es vor einer Vitrine zur Seite trat, wie es versuchte, indem es sich auf die Zehenspitzen erhob, durch die gläserne Abdeckung ins Innere zu sehen, und als ihm dies nicht gelang, ging es weiter, wirkte aber, als hätte es die Orientierung verloren.

Aber nun trat, völlig überraschend, eine Frau mit hinzu, die, offenbar war es die Mutter, das Kind an die Hand nahm, sich hinunterbeugte und freundlich auf das Mädchen einzureden begann.

»Kann ich etwas für Sie tun!«, rief der Volontär, wollte auf die beiden, die wieder vor der Vitrine standen, zugehen, aber im selben Augenblick waren

Mutter und Tochter, als wären sie eine Projektion, verschwunden.

Und nun genierte sich der junge Mann, weil er offenbar zu laut gewesen war. Er sah auch keine Möglichkeit, wie er sich bei jemandem, der nicht mehr anwesend war, hätte entschuldigen können. Also nahm er seinen Mantel auf, den er irgendwo abgelegt hatte, verließ das Museum und fuhr in seine Wohnung. Dort griff er zum Lexikon und versuchte herauszufinden, welcher Epoche das Kleid, das die Mutter getragen hatte, zuzuordnen war. Er fand, was er suchte: Es war ein sogenanntes Reformkleid, das man in England um 1860 als Protest gegen die herrschende und unbequeme Damenmode entwickelt hatte. Es reichte bis zum Boden, wirkte wie ein mit Rüschen besetztes Hemd, die langen, schmalen Ärmel waren mit Biesen verziert, und in der Taille wurde das Ganze mit einer Schärpe gerafft.

›Kein Zweifel, Mutter und Kind sind aus einer anderen Zeit‹, dachte der Volontär.

Und nun muss man diesem Zweiundzwanzigjährigen zugute halten, dass er zu jung war, um die Konsequenzen seiner Entdeckung richtig einzuschätzen, und ein gewisser jugendlicher Voyeurismus, besonders wenn man in derartige Situationen gerät, ist durchaus verständlich. Das heißt, der Volontär unterließ es, die Museumsleitung zu informieren. Stattdessen sah man, wie er am nächsten Tag im oberen Stockwerk, genauer in der Abteilung, die der Gründerzeit gewidmet war, die Gemälde an den Wänden zu mustern begann. Aber er fand nichts. Weder waren da eine Frau noch ein etwa vierjähriges Mädchen abgebildet, die ihn an die flüchtige Begegnung hätten erinnern können, und nun wollte er Klarheit. Er beschloss, bei nächster Gelegenheit, möglichst in der folgenden Nacht, wieder im unteren Stockwerk zu sein, und da man ihm gesagt hatte, dass das Kind, dessen Existenz er jetzt bezeugen konnte, immer an derselben Stelle, als ginge es im Kreis, auftauchen würde, stand er, wie beim ersten Mal, wieder mit dem Rücken zur Wand da und wartete. Er hoffte auf eine neuerliche Begegnung, und er behielt, während er aufmerksam in diese und jene Richtung sah, immer auch die Vitrine im Blick. Nach einer Stunde sah er auf die Uhr.

›Man muss Geduld haben‹, dachte der Volontär und gähnte.

Er hatte zwei Nächte kaum geschlafen, bemühte sich, Anfälle von Müdigkeit zu unterdrücken, und endlich geschah, worauf er gewartet hatte: Plötzlich tauchte das Mädchen wieder auf, ging an ihm vorbei, auf der Höhe der Vitrine trat die Mutter mit hinzu, und da der Volontär damit rechnen musste, dass sich die beiden, wenn er ihnen etwas zurief, entziehen würden, sagte er leise:

»Ich will Sie nicht erschrecken. Aber sagen Sie mir, um Gottes willen, ob Sie etwas suchen. Und womit kann ich Ihnen behilflich sein?«

Die Antwort der Frau war überraschend. Zunächst ließ sie die Hand des Kindes los, richtete sich auf, dann sah sie dem Volontär ins Gesicht und sagte, wobei sie bemüht war, ihre Verlegenheit zu verbergen:

»Wir wollten Sie nicht belästigen. Aber wir suchen etwas, das ich dem Kind, um es zu trösten, versprochen habe. Und ich bitte Sie, mir zu glauben, wenn ich Ihnen sage: Wir suchen den Himmel.«

»Den Himmel?«

»Ja. Er will sich durchaus nicht zeigen«, sagte die Frau und nahm das Kind wieder an die Hand. »Wir sind schon lange unterwegs, und es gibt keinen Ort, an dem wir nicht gewesen wären. Aber vielleicht«, fügte sie hinzu, »könnten Sie uns sagen, ob es in diesen Räumen etwas gibt, das uns hilft, nicht immer nur ohne Hoffnung zu sein.«

Sie lächelte. Das Kind riss sich los, versuchte nochmals zur Vitrine zu gehen, dann waren die beiden verschwunden, und wieder war es die erstaunliche Unbekümmertheit dieses jungen Mannes, der, bedenkt man die Umstände, in denen er sich befand, immerhin wusste er, worauf er sich einließ, wieder war es seine Neugierde, die ihn veranlasste, sich die Vitrine näher anzusehen, um herauszufinden, warum das Mädchen so bemüht gewesen war, ins Innere zu sehen. Er konnte nichts entdecken. Sie war leer. Offenbar war man dabei, alles neu zu dekorieren. Aber da man die Vitrine mit einer Aluminiumfolie ausgelegt hatte, in der sich die Notbeleuchtung spiegelte, entstand so etwas wie ein schwaches Glitzern.

›Vielleicht war es das, was die Kleine so unwiderstehlich anzog‹, dachte der Volontär und wünschte sich, verständlich nach allem, was er erlebt hatte, erst einmal ein paar Stunden Schlaf.

Am nächsten Morgen war er, während er frühstückte, mit dem Eindruck beschäftigt, den das weinende Mädchen bei ihm hinterlassen hatte, und er musste davon ausgehen, dass der Hinweis der Mutter, nämlich dass sie dem Kind, um es zu trösten, den Himmel versprochen hatte, verzweifelt gemeint war.

›Ja‹, dachte der Volontär, ›die Kinder sind damals gestorben wie die Fliegen‹, und ihm fielen die *Kindertotenlieder* von Gustav Mahler ein.

Er erhob sich, suchte nach der CD, und nachdem er sie gefunden hatte, es war eine Aufnahme mit dem Engländer Thomas Hampson, schob er sie in den Player und setzte sich an den Tisch zurück. Er hatte Mühe, alles, was da gesungen wurde, zu verstehen, also schlug er das beiliegende Heftchen mit den Gedichten Friedrich Rückerts auf, und nun konnte er nachempfinden, wie untröstlich es gewesen sein musste, immer wieder und in so frühem Alter Kinder zu verlieren.

»Nun will die Sonn so hell aufgehn
Als sei kein Unglück die Nacht geschehn.
Das Unglück geschah nur mir allein,
Die Sonne, sie scheinet allgemein.

Du musst nicht die Nacht in dir verschränken,
Musst sie ins ew'ge Licht versenken.
Ein Lämplein verlosch in meinem Zelt,
Heil sei dem Freudenlicht der Welt!«

Dies las er, und nachdem die CD abgespielt war, saß der junge Mann einige Minuten bewegungslos da.

›Zugegeben, Musik und Text sind etwas altmodisch. Aber genau so sah die Frau mit dem Kind aus‹, dachte er. ›Ihr langärmeliges Kleid wirkte sittsam und brav, und wer glaubt heute noch an den Himmel. Aber es ist klar‹, dachte der Volontär, ›dass sie, um ihr sterbendes Kind zu trösten, keinen besseren Ort hätte benennen können.‹

Dieser Gedanke schien ihn zu tangieren, und nun grübelte er darüber nach, ob man den beiden, gesetzt den Fall, sie würden sich nochmals zeigen, ihre Bemühungen nicht als Täuschung ausreden sollte.

Gegen Abend war er das dritte Mal im unteren Stockwerk des Museums, vermied es aber, den Gang mit der Vitrine zu betreten, nahm sich vor, die beiden, falls sie wieder unterwegs sein würden, lediglich zu beobachten, und als es so weit war, als die Mutter mit dem Kind an der Vitrine vorbeiging, folgte er den beiden, achtete aber auf den nötigen Abstand. Er bemerkte, wie ruhelos sie darum bemüht waren, indem sie von Notbeleuchtung zu Notbeleuchtung gingen, in dem schwachen Schein, der dort herrschte, ja nichts zu übersehen. Das Mädchen weinte, und die Mutter, dies konnte der Volontär deutlich hören, versuchte es zu beruhigen, und nachdem sie die Rolltreppe hinter sich gelassen hatten, musste sie dem Kind erklären, dass es keinen Grund gab, vor diesem ratternden Ungetüm, das lediglich das Fortkommen erleichtern sollte, zu erschrecken. Vor der Fensterfront des Neubaus blieben sie stehen, sahen ins Freie hinaus, und hier schon befürchtete der Volontär, dass sie, von den blühenden Kastanien unter den Straßenlaternen angelockt, ins Freie treten und für immer verschwinden würden. Aber sie gingen zur Rolltreppe zurück, überquerten den Gang, der zum Schlüterhof führte, und hier endlich war, wenn man den Hof betrat, alles geräumiger.

Der Volontär musste lange warten, ehe sich die beiden der Tür, die aus dem Schlüterhof führte, wieder näherten, und als er zur Seite trat, als er darauf achten wollte, unentdeckt zu bleiben, er war schon dabei, sich in den Schatten einer Säule zu stellen, kam die Frau, die das Kind vor sich herschob, auf ihn zu und sagte:

»Der Hof ist schön. Und wenn man den Kopf hebt, könnte man vielleicht die Sterne sehen. Aber das Glasdach ist trübe. Wäre es zu viel verlangt, es einmal gründlich säubern zu lassen? Dann könnte ich dem Kind erklären, dass es durchaus möglich ist, von hier aus etwas zu sehen, das dem Himmel, den wir suchen, ähnlich ist.«

Dies sagte sie, und der Volontär wurde verlegen.

›Sie irren sich‹, wollte er antworten. ›Was man von hier aus zu sehen bekommt, ist eine schmutzige Hülle aus Kohlenstaub und Abgasen, und glauben Sie mir, damit wäre niemandem, nicht einmal einem sterbenskranken Kind, geholfen. Ja, vielleicht weiter draußen, in Richtung Westen, dort ist die Luft erträglicher. Aber ob das reicht‹, wollte er sagen. ›Das kann doch der Himmel, den Sie suchen, nicht sein!‹

Aber er sah, wie bittend und erwartungsvoll ihr Blick war und dass sie das, worüber er schwieg, dem Kind nicht hätte verständlich machen können. Also sagte er:

»Sie haben recht. Der Hof ist schön, und ich werde veranlassen, dass man das Glasdach säubert.«

Damit war der junge Mann in der Pflicht, und nun halfen ihm weder seine Neugierde noch die Gelegenheit zum Voyeurismus, und da er nicht wusste, wie er das Versprechen, das, bedenkt man die Umstände, absurd war, hätte einhalten sollen, beschloss er, erst einmal das zu tun, was man von ihm erwartete, nämlich die Museumsleitung zu informieren. Es kam nicht dazu. Zwar bat man ihn, auf einem Stuhl Platz zu nehmen, aber der Abteilungsleiter ließ sich entschuldigen, und als er sich der Sekretärin gegenüber äußern wollte, machte diese eine wegwerfende Bewegung mit der Hand. Offenbar hatte die Sache, für die man ihn in die unteren Korridore geschickt hatte, an Bedeutung verloren. Er aber, der Volontär, ging, nachdem man ihn eine halbe Stunde umsonst hatte warten lassen, in den Schlüterhof. Man sah, wie er das Glasdach musterte. Offenbar wollte er überprüfen, ob es tatsächlich möglich war, die Scheiben zu reinigen. Er erfuhr, dass für die Säuberung der Fenster und Fassaden eine Reinigungsfirma verantwortlich sei, und als er darauf hinwies, dass das Glasdach verschmiert sei, zuckte man mit den Achseln.

Die Sache schien aussichtslos, und spätestens jetzt, nach allem Desinteresse ringsherum und nachdem sogar die Museumsleitung seine Bemühungen nicht zur Kenntnis nehmen wollte, dachte der junge Mann darüber nach, ob es nicht das Beste sei, alles, worauf er sich eingelassen hatte, einfach zu vergessen. Früher als sonst wollte er das Museum verlassen, aber als er durch die Drehtür ins Freie trat, als er bemerkte, dass es auf der Straße Unter den Linden zu regnen begann, sah er eine Möglichkeit, dass durch eben diesen Regen, der heftiger wurde, nicht nur die Scheiben an der Fassade, sondern vor allem das Glasdach über dem Schlüterhof klargewaschen werden könnte. Er ging in den Hof zurück, hörte ein ununterbrochenes Prasseln, verfolgte, wie das Wasser in Sturzbächen hierhin und dorthin lief, und er war sicher, dass keine Reinigungsfirma derart energisch und nachhaltig je würde arbeiten können.

In der Nacht ließ der Regen nach. Die Wolkenwand bekam Risse, und so konnte der Volontär sicher sein, dass man irgendwann, auch vom Schlüterhof aus, wieder freiere Sicht haben würde. Davon wollte er sich überzeugen, aber bevor er die wenigen Stufen, die in den Hof führten, betreten hatte, sah er, dass die Frau und das Kind bereits anwesend waren, genauer: Er sah, dass die Mutter mitten im Schlüterhof auf den nackten Fliesen saß und wie sie das Kind immer wieder aufforderte, nach oben zu sehen. Das Mädchen war jetzt ohne Schal. Man sah den freien Nacken. Die Haare, die sonst bis zur Schulter reichten, waren hochgesteckt. Immer wieder senkte die Mutter den Kopf und flüsterte dem Mädchen etwas zu. Sie warteten, und der Volontär wusste nicht, ob er sich ihnen nähern sollte.

Er hätte gern ein paar Fragen gestellt, etwa, woher die Frau kam und ob dies ihr einziges Kind sei und warum sich der Rest der Familie nicht zeigen wollte. Auch hätte er gern gewusst, wieso ihre Anwesenheit, da sie der Vergangenheit angehörten, überhaupt möglich war. Aber er fand, dass er kein Recht hatte, von jenen, die wie Schemen verschwanden und wieder auftauchten, irgendwelche Auskünfte zu verlangen. Er wusste schließlich: Da war eine Mutter, die ihrem sterbenden Kind den Himmel versprochen hatte, und die beiden waren, um ihn zu finden, eine Ewigkeit unterwegs.

›Und nun hoffen sie darauf, dass ihnen wenigstens hier und ausgerechnet in diesem Museum ein paar Sterne entgegenfunkeln‹, dachte der Volontär, der in der Tür stand und also keinen Einblick auf das Dach im Schlüterhof hatte und deshalb auch nicht sagen konnte, ob das, was er den beiden versprochen hatte, nämlich für saubere Scheiben zu sorgen, auch wirklich eingetreten war.

VII

Ich gebe zu, ich hatte beträchtlichen Ärger. Ich bin seit kurzem Mitglied im Förderverein des Deutschen Historischen Museums und darf wohl sagen, dass meine Spenden, die ich dieser Einrichtung hin und wieder zukommen lasse, nicht unerheblich sind, und so war man auch bereit, mir, da ich die Kosten selber übernahm, einen Wunsch zu erfüllen. Ich vermisste in diesem Museum eine Plastik von Rodin und schlug vor, wenigstens ein Foto von seiner berühmten Skulptur *Der Denker* in jenem Bereich, der das nachnapoleonische Zeitalter dokumentierte, aufzustellen. Es war mir wichtig, dass auch hier, in dem Institut, dessen Förderungsmitglied ich, wie gesagt, war, auf die größte Fähigkeit des Menschen, nämlich sich und seine Welt zu überdenken, hingewiesen wurde. Aber gerade dies erwies sich als ein Grund zum Ärgernis, und es begann damit, dass man an dem Foto, das wie eine Leinwand aufgespannt war, immer wieder Risse entdeckte.

Zunächst glaubte man, dass jemand vom Reinigungspersonal unachtsam gewesen wäre, aber die Beschädigungen zeigten sich weiter oben, dort, wo normalerweise niemand hingelangen konnte, und es waren Spuren, als hätte jemand mit den Fingernägeln einer gespreizten Hand versucht, die Stirn und die Augen der abgebildeten Skulptur zu zerkratzen. Was nicht gelang. Aber das Foto wurde mehrmals beschädigt, so dass man genötigt war, es, solange dies ging, auszubessern, und eines Tages entdeckte man am linken Rand einige handgeschriebene Zeilen.

»Ich bitte um Entschuldigung«, stand da auf Französisch. »Aber wäre es Ihnen möglich, auf dieses Foto zu verzichten?«

Man war irritiert, entfernte, was da geschrieben stand, versicherte aber, dass man nichts unversucht lassen würde, um den Schreiber dieser Zeilen ausfindig zu machen, und das Erste, was es zu klären galt, war die Frage: Gab es jemanden im Hause, der die französische Sprache beherrschte?

Eine Woche später wusste man immer noch keine Antwort, und ich ertappte mich dabei, wie ich, wenn ich im Museum war, immer wieder an der aufgestellten Fotografie vorbeiging, wie ich darauf achtete, ob sie erneut beschädigt war, und irgendwie wünschte ich, jener, der eine derart skeptische

Meinung zur Allegorie des Denkens geäußert hatte, möge sich zeigen.

»Wer sind Sie? Und warum haben Sie aufgehört, sich zu beschweren«, schrieb ich auf ein Stück Papier in meinem schlechten Schulfranzösisch, und als ich mich unbeobachtet fühlte, befestigte ich den Zettel mit einem Streifen Tesafilm an der Rückseite der Fotografie, achtete darauf, dass er von vorn, vom Gang aus, nicht zu sehen war.

Keine Minute später, ich hatte mich schon entfernt, vermisste ich die Rolle mit dem Tesafilm. Ich ging zur Fotografie zurück, in der Annahme, ich hätte, was ich suchte, dort irgendwo fallen gelassen, und nun entdeckte ich, während ich mich umsah, dass auch der Zettel, den ich eben erst angeheftet hatte, fehlte. Offenbar hatte jemand, sozusagen hinter meinem Rücken und ohne dass ich es bemerkt hätte, das Stück Papier an sich genommen.

›Völlig unmöglich‹, dachte ich, sah aber, dass ein Mann mittleren Alters vom Ende des Korridors her auf mich zukam, und er hielt tatsächlich den Zettel in der Hand.

Er trug eine dunkle Hose und ein besticktes Seidenhemd, dessen Kragen weit offen stand, hielt den Hals, der von einem Tuch verdeckt war, ein wenig schräg. Er lächelte, sprach zunächst Französisch, erklärte aber, dass er durchaus in der Lage sei, sich auf

Deutsch verständlich zu machen. Nochmals versicherte er, dass ihm die Arbeit von Rodin ein Ärgernis sei. Nicht nur, weil sie hässlich wäre, sondern weil sie ihn daran erinnere, wie verhängnisvoll der Mensch in seinem Denken sei. Er wisse, wovon er rede. Denn dies, fügte er hinzu, sei ihm im Jahre 1792 passiert, und dabei zog er, als wolle er zeigen, was er damit meinte, das Tuch von seinem Hals. Ich sah, wie verlegen er war und wie er sich das Tuch sofort wieder umlegte, und bevor ich ihm etwas antworten konnte, war ich wieder allein.

Am nächsten Tag war ich damit beschäftigt, mir über das, was ich erlebt hatte, Klarheit zu verschaffen. Offenbar war auch ich jemandem begegnet, der dem Zeitkolorit des Vergangenen zugerechnet werden musste. Und war da, als er sein Tuch vom Hals genommen hatte, nicht eine blutunterlaufene Spur zu sehen, und hielt er den Kopf nicht auf eine Weise, die darauf schließen ließ, dass ihm, als er noch lebte, etwas Endgültiges passiert war? Offenbar hatte man ihn getötet, obwohl er unschuldig war. Aber man hatte sich natürlich etwas dabei gedacht. Jeder weiß schließlich, dass man im Paris des Jahres 1792 vor allem jene, die bestickte Seidenhemden trugen, gnadenlos und ohne Umstände an den Laternen aufgehängt hatte. »Liberté, égalité, fraternité« hieß die Parole, die diesem da offenbar den Halswirbel gebrochen hatte, und es war klar, dass er die rodinsche Skulptur unter dieser Voraussetzung als Zumutung empfand. Denn auch anderenorts, wo weniger Aufregung auf den Straßen herrschte, war man damit beschäftigt, dem Töten durch Gedankenarbeit eine höhere Weihe zu geben.

Im England des 18. Jahrhunderts hatte man den Tod durch Erhängen zu einer feinen Kunst erklärt. Wer sie beherrsche, erfüllte drei Forderungen, die nach Menschlichkeit, Zuverlässigkeit und Schicklichkeit. Unter Menschlichkeit verstand man eine schnelle und schmerzlose Exekution, unter Zuverlässigkeit deren reibungslosen Ablauf und unter Schicklichkeit einen Tod ohne überflüssige Entstellung des Leichnams. Es gab genaue Studien und Berechnungen über die Länge des Stricks und über die Fallhöhe. War sie zu kurz, rang der Unglückliche noch eine Weile nach Luft, war sie zu hoch, riss man ihm den Kopf ab und hätte damit die Schicklichkeit in der Art des Tötens verfehlt.

Dies hatte man sich, wie gesagt, in England überlegt. In Paris machte man sich andere Gedanken. Und war es nicht tatsächlich so, dass sich das Töten durch die Perversion des Denkens bis in alle Ewigkeit fortsetzte?

Davon konnte man sich, sowie man die Korridore dieses Museums durchschritt, überzeugen, und wer nicht darauf aus war, alles, was man hier ausgestellt hatte, lediglich interessant zu finden, dem konnte nicht entgehen, wie kriegerisch der menschliche Erfindergeist war. Überall Speere, Schwerter, Rüstungen, Jahrhunderte später Gewehre und Kanonen, und wo die Neuzeit begann, erledigte man den Gegner durch Giftgas. Es geschah massenhaft, aber die Idee, auf diese Weise ganze Völker zu vernichten, war jüngeren Datums, und um das 20. Jahrhundert in Augenschein zu nehmen, musste man lediglich die Treppe, die ins Erdgeschoss führte, benutzen.

Das wollte ich mir, als ich ins Museum zurückkehrte, ersparen. Stattdessen ging ich ins obere Stockwerk und musterte nochmals die Fotografie mit der rodinschen Skulptur. Jetzt erst bemerkte ich, wie grobschlächtig sie wirkte, und man wusste schließlich, dass sie einem Boxer aus dem Rotlichtmilieu nachgebildet war. Andererseits wirkte sie gerade deshalb so überzeugend, weil sie die Anstrengung des Denkens in den Bereich des Muskulösen verwies, und während ich überprüfte, ob sie am richtigen Platz stand und ob man die Position der Scheinwerfer, die darauf gerichtet waren, verändern sollte, bemerkte ich, wie mir jemand zusah. Es war der Franzose, der für die anderen unsichtbar war, für mich aber schien dies, wie einmal schon, nicht zu gelten. Er zog sich, als ich näher kam, hinter eine Stellwand zurück, und als ich ihn endlich fand und vorschlug, die Fotografie, falls er es wünschte, gemeinsam zu entfernen, bedankte er sich, meinte aber, dass er jetzt damit beschäftigt sei, eine andere Form des Wahnsinns abzuwehren. Er wolle keinerlei Umstände machen, aber es gelänge ihm nicht, auch nicht in diesem Museum, zu erklären, wer er sei, wo er herkäme und dass seine Familie ein größeres Anwesen auf dem Lande besessen habe.

»Da ist niemand, der mir zuhört, und ich versuche, seit man mich getötet hat, immer nur gegen den Widerruf meines Lebens anzukämpfen. Könnten Sie mir dabei behilflich sein, der Welt zu beweisen, dass ich, obwohl ich nicht mehr bin, doch jemand war, der einen Vater und eine Mutter hatte?«

Ich wusste keine Antwort, ließ die Arme hängen und schwieg. Er wandte sich ab, murmelte eine Entschuldigung, ging zum Fensterbrett, setzte sich und sah hinaus. Draußen begann es zu schneien. Ich überlegte, ob ich mich zu ihm setzen sollte, vielleicht sogar in der Absicht, ihn am Ärmel seines Hemdes, der, wie ich jetzt sah, eingerissen war, zu berühren, und ich verstand durchaus, wie jemandem zumute sein musste, der darauf gehofft hatte, sich zu Lebzeiten, aber auch für die Nachwelt, kenntlich zu machen und der nun eingestehen musste, wie sinnlos es war, seinen Namen zu nennen. Denn was er auch sagte, es war Schall und Rauch, und auch der Hinweis, dass er vergessen worden war, blieb ohne Belang, denn niemand wusste, dass es ihn überhaupt gegeben hatte.

»Es tut mir leid«, sagte ich nach einer Weile und spürte, dass wir hier, obwohl es aus Not geschah, etwas berührten, das sich unserem Verständnis entzog. Und auch als ich versucht war, ihn mit dem Hinweis zu trösten, er hätte doch, wenn auch sonst nirgendwo, wenigstens auf der Fotografie ein paar Kratzer hinterlassen, wurde mir klar, wie zynisch dies gewesen wäre.

*Hartmut Lange
im Diogenes Verlag*

Die Waldsteinsonate
Fünf Novellen

Novellen, die vom Zustand jener Unglücklichen erzählen, denen das Bewusstsein ein besonderes Verhängnis war. Novellen über Friedrich Nietzsche, die Goebbels-Kinder, Heinrich von Kleist und Henriette Vogel, den Nihilisten Alfred Seidel und über eine Jüdin und einen SS-Mann, ihren Mörder.

Die Selbstverbrennung
Roman

Die Nachricht von der unfasslichen Tat eines Pfarrers, der sich während eines Gottesdienstes selbst verbrannt hat, zieht die beiden Hauptpersonen des Romans auf unterschiedliche Weise in ihren Bann. Sempert, der in einem kleinen Dorf an der Elbe Ruhe sucht, um ein Traktat zu schreiben, und Koldehoff, der Pfarrer dieser Gemeinde, der mit dem Gedanken kokettiert, es dem Unglücklichen gleichzutun. Dass Koldehoffs Tochter und Sempert sich ineinander verlieben, bestärkt diesen noch in seiner kritischer werdenden Haltung gegenüber dem lebensfeindlichen Vernunftsdenken… bis ein anderes Ereignis Sempert und Pfarrer Koldehoff wieder auf ganz verschiedene Weise betrifft und betroffen macht.

Das Konzert
Novelle

»Im Salon der Frau Altenschul treffen sich seltsame Gäste: Es ist die jüdische Crème Berlins – und sie sind ausnahmslos tot, von den Nazis umgebracht. Ihre postumen Zusammenkünfte dienen dazu, inmitten schöner Dinge diesen gewaltsamen Tod, das hässliche Ende im Massengrab zu vergessen. Doch auch die Mörder zieht es dahin; draußen vor der Tür warten sie auf Sühne. Ein rührender Gedanke, um so mehr, als Erlösung für beide von der Musik kommen soll: Der junge Pianist Lewanski ist dazu ausersehen. Ein erstaunliches philosophisches Märchen, eine Kunst-Parabel um Schuld, Sühne und deren beider Überwindung: ein kleiner großer Wurf.« *Badische Zeitung, Freiburg*

Auch als Diogenes Hörbuch erschienen,
gelesen von Charles Brauer

Tagebuch eines Melancholikers
Aufzeichnungen der Monate
Dezember 1981 bis November 1982

»In diesen Aufzeichnungen von 1981/82 präsentiert sich Hartmut Lange als ein nachdenklich betrübter Deutscher, der im Blick auf Nietzsche, Schopenhauer, auf Alteuropas Bildungswelt die heutige karge Szenerie des ›Geisteslebens‹ besieht. Ein Mann denkt über deutsche Krisen heute nach.«
Friedrich Heer / Die Furche, Wien

Die Ermüdung
Novelle

Alles fängt mit dem rätselhaften Tod seines Freundes Achternach an. Merten beschließt, dessen Witwe Gerda und ihren alten Vater in Berlin aufzusuchen. Das Wiedersehen weckt Erinnerungen: Gerda ist seine alte Jugendliebe. Merten bemüht sich zwar, die Witwe von ihrer Trauer abzulenken, doch insgeheim möchte er nur eines – seine Gerda wieder für sich gewinnen. Doch sie hält ihn mit ihrem seltsamen Verhalten auf Distanz. Gerda führt Selbstgespräche und entwickelt wahnhafte Ideen. Merten spürt, wie die bedrückende Atmosphäre des Hauses ihn langsam umschlingt. Rechtzeitig gelingt ihm der Absprung.

Vom Werden der Vernunft
und andere Stücke fürs Theater

Die Dramen dokumentieren einen doppelten Abschied: Ausgehend vom Hegel'schen Rationalismus und Karl Marx' Sozialutopie, enden sie in der Melancholie über das Verschwinden jeder Vernunft und beschwören die Erinnerung an jene Gesellschaft, deren erklärter Gegner Lange war: an den märkischen Adel und an das Spätbürgertum.

»Lange ist fähig, Gedanken zu kritisieren, ohne dabei den Menschen, der sie äußert, zu verurteilen – es ist die kostbare Fähigkeit der Komödienschreiber.«
Georg Hensel/Frankfurter Allgemeine Zeitung

Die Stechpalme
Novelle

Manfred Eichbaum, Verleger von Kunst- und Fotobänden, erhält anonyme Briefe. Der Verfasser kennt sich sehr gut aus in Eichbaums Leben, privat wie beruflich. Eichbaum, der seit fast einem Jahr an einem gebrochenen Schienbein laboriert, wird zunehmend verunsichert. Wer steckt hinter diesen Briefen?

»In unserer Literatur spielt auf dem Instrument der Novellenkunst heute keiner so meisterlich wie Hartmut Lange.«
Walter Hinck/Frankfurter Allgemeine Zeitung

Schnitzlers Würgeengel
Vier Novellen

Vier Novellen von sprachlicher Eindringlichkeit und Dichte: Herr Semmering · Schnitzlers Würgeengel · Die Mauer im Hof · Der Himmel über Golgatha. Verbunden sind diese Novellen durch ein ihnen voranstehendes Motto Martin Heideggers: »In der Unheimlichkeit steht das Dasein ursprünglich mit sich selbst zusammen.«

»Allen Erzählungen gemeinsam ist die Sympathie, mit der Lange seine Figuren schildert: diejenigen, die aus der Normalität des Lebens fliehen wollen, die sensibel für das Über-Wirkliche sind, denen Unheimlichkeit keine Angst, sondern Hoffnung bedeutet.«
Jürgen Röhling / Hannoversche Allgemeine Zeitung

Der Herr im Café
Drei Erzählungen

Ein Schriftsteller, eine Schauspielerin und eine Sängerin sind die Hauptfiguren dieser drei Erzählungen, in denen Lange sich wie in allen seinen Texten einen Schritt außerhalb des gewohnten Raumes und der gewohnten Zeit bewegt – jenen Schritt außerhalb, der ihn zum hellwachen Beobachter des Alltäglichen wie des Geheimnisvollen macht.

»Die Erinnerung an das verblichene Genre der Künstlernovelle spukt durch die drei neuen Erzählungen von Hartmut Lange, deren Reiz darin liegt, dass sie den Anschein erwecken, sich nostalgisch dieser Erinnerung hinzugeben, während sie versteckt mit ihr spielen.«
Lothar Baier / Süddeutsche Zeitung, München

Eine andere Form des Glücks
Novelle

»Die Wahrheit liegt im Verschwinden« – ein verwirrender Satz, der sich wie ein roter Faden durch das Buch zieht und manches Rätsel aufgibt. So wie das Leben der Corinna Mühlbauer, der Freundin des renommierten Berliner Statikers Kippenberger. Immer wieder entzieht sie sich auf eigenartige Weise ihren Mitmenschen. Die Irritation, die sie verursacht, ist so stark wie die Anziehung, die sie ausübt. Was für eine Form des Lebens führt sie, welches besondere Glück ist ihr beschieden?

»Schon mit den ersten Zeilen zieht Lange den Leser in den Strudel der Ereignisse hinein. Die Spannung ist mit der in Hitchcock-Filmen vergleichbar. Meisterhaft erzählt.«
Thomas Schmitz-Albohn / Gießener Anzeiger

Die Bildungsreise
Novelle

Müller-Lengsfeldt, Kunsterzieher aus Berlin, möchte im Dunstkreis von Johann Joachim Winckelmann das Alte Rom entdecken. Doch unbegreifliche Ereignisse stören den reinen Kunstgenuss. Und das Vorbild selbst, Winckelmann, entpuppt sich als widerspruchsvolle Gestalt mit einem rätselhaften Doppelleben. Was als beschauliche Bildungsreise begann, entwickelt zunehmend die Qualität eines metaphysischen Thrillers.

»Vielleicht ist das auch der Zauber von Langes Büchern: dass der Leser sanft hineingezogen wird in die Psyche anderer Menschen und sich gerade dort, im Fremden, unversehens mit sich selbst konfrontiert sieht.«
Susanne Schaber / Österreichischer Rundfunk, Wien

Das Streichquartett
Novelle

Eigentlich ist Schönbergs 4. Streichquartett Opus 37, das Berghoff unermüdlich übt, nicht gerade geeignet, seinen ohnehin angespannten Geisteszustand zu beruhigen. Ebenso wenig wie die Tatsache, dass seine Frau Elisabeth mit den Töchtern zu einer Erholungsreise aufgebrochen ist, die kein Ende nehmen will. Als dann plötzlich – Traum eines jeden Geigers – eine wertvolle Mittenwalder Geige in seiner verlassenen Wohnung steht, nimmt ein Alptraum seinen Lauf.

»Mit staunenswertem Sinn für Spannung und kleinsten Andeutungen lässt Hartmut Lange den Leser dieses Rätselstücks im Ungewissen und spielt raffiniert mit merkwürdigen Wendungen und der Erzählperspektive.« *Der Spiegel, Hamburg*

»Ein packend konstruierter Thriller, in dem die Macht der Musik im Mittelpunkt steht.«
Buch aktuell, Dortmund

Irrtum als Erkenntnis
Meine Realitätserfahrung als Schriftsteller

Irrtum als Erkenntnis – eine intellektuelle Autobiographie, die sich mit den prägenden Ideologien und Glaubensfragen des 20. Jahrhunderts auseinandersetzt. Teil I beschreibt den Bildungsweg eines Außenseiters in der DDR, Teil II versammelt Essays und Aphorismen von kristalliner Schönheit und Gedankenschärfe. Teil III umfasst drei Vorträge, die im Wesentlichen um Sinn und Aufgabe von Kunst und Wissenschaft heute kreisen.

»Wenn Vollendung nicht mehr von der Geschichte zu erwarten ist, rettet sie sich in die Kunst. Darum sucht Hartmut Lange vollendete Sätze und Texte zu schreiben: jeder Satz schlicht und präzis, konzentriert aufs Nötigste, mit Meisterschaft des Weglassens, von äußerster Intensität und wie eingebrannt in seinen Kontext.«
Odo Marquard/Frankfurter Allgemeine Zeitung

»Literatur gegen den Lärm des Zeitgeistes.«
Hans Jansen/Westdeutsche Allgemeine Zeitung, Essen

Gesammelte Novellen
in zwei Bänden

»Es bedarf in allen Novellen Hartmut Langes nur einer kleinen, unerhörten Begebenheit, und die sorgfältig berechnete Statik des engen bürgerlichen Lebens gerät aus dem Lot. Lange liefert ein Höchstmaß an literari-

schem Realismus und durchsetzt ihn mit rätselhaften Ereignissen, die wie kleine Drehungen an der Schraube dafür sorgen, dass seine Geschichten eine Spur gegen die Wirklichkeit versetzt werden.«
Elmar Krekeler / Die Welt, Berlin

»Einer der erstaunlichsten deutschen Schriftsteller.«
Andreas Nentwich / Die Zeit, Hamburg

Leptis Magna
Zwei Novellen

Zwei meisterhafte Novellen über Krisen und Lebenslügen, über die Balance zwischen Bodenhaftung und Selbstverlust, über Bindungsängste und den Sog der Selbstauflösung. Novellen von irritierender Schönheit und von geradezu metaphysischer Transparenz.

»*Leptis Magna* ist ein verschwörerisches Buch. Eines, das von Revolten berichtet, vom Aufstand – gegen sich selbst. Die Kipp-Punkte, denen Hartmut Langes Novellen durch dramaturgische Steigerung zustürzen, verursachen ein Hochdruck-Leseerlebnis. Ein meisterliches Buch.« *Silvia Hess / Buchkultur, Wien*

Der Wanderer
Novelle

Es ist mehr als nur eine Schaffenskrise, was den erfolgreichen Schriftsteller Matthias Bamberg aus dem Berliner Alltag in die verwirrende Welt Kapstadts aufbrechen lässt. *Der Wanderer* ist die Geschichte einer Verstörung, in der sich die Realität zu verflüchtigen und die Welt der Erscheinungen zur Substanz zu verdichten beginnt – vom Autor in kunstvoll schwebender Balance gehalten.

»Glänzender Stilist, der er ist, hat Hartmut Lange ein kleines Meisterwerk über die Unsicherheit des Menschen geschrieben, dessen Not, heimatlos zu sein, zu-

gleich sein unschätzbarer Reichtum ist: Alles ist möglich, eben auch die Unmöglichkeit.«
Lothar Schmidt-Mühlisch / General-Anzeiger, Bonn

Der Therapeut
Drei Novellen

Berliner Seen, verschwiegene Gewässer mit ungeahntem Sog: der ideale Ort, um zu verschwinden – oder jemanden verschwinden zu lassen. Ihr Gegenstück, die ausgeleuchtete Öffentlichkeit: eine Theaterbühne als Ort für einen kunstvoll inszenierten Abgang.

»In Hartmut Langes Werk wird der Leser von der Ahnung gestreift, wie fragil unsere Lebenskonstruktionen sind und wie millimetergenau wir uns in der Spur des Normalen bewegen müssen, um nicht in den Sog der Abgründe um uns herum zu geraten.«
Monika Maron / Süddeutsche Zeitung, München

Der Abgrund des Endlichen
Drei Novellen

Ein verjährter Mord und seine Sühne. Ein Historiker im Sog der Vergangenheit. Der abgründige Eros eines Studienrats. Drei Novellen, die eines gemeinsam haben: Sie beschreiben die Suche nach Glück über dem Abgrund des Endlichen.

»Hartmut Lange lässt seine Figuren nicht an psychischen Defekten laborieren. Vielmehr diagnostiziert er als Ursache ihrer Störung einen Mangel an Metaphysik. Darum sind seine Bücher in einer Zeit, in der die Seinsfragen auch deshalb so drängend geworden sind, weil sie so lange verdrängt wurden, so unerhört aktuell.«
Peter Henning / Der Spiegel, Hamburg

*Hans Werner Kettenbach
im Diogenes Verlag*

»Schon lange hat niemand mehr – zumindest in der deutschen Literatur – so erbarmungslos und so unterhaltsam zugleich den Zustand unserer Welt beschrieben.« *Die Zeit, Hamburg*

»Hans Werner Kettenbach erzählt in einer eigenartigen Mischung von Zartheit, Humor und Melancholie, aber immer auf erregende Art glaubwürdig.«
Neue Zürcher Zeitung

»Dieses Nie-zuviel-an-Wörtern, diese unglaubliche Leichtigkeit und Selbstverständlichkeit... ja, das ist in der zeitgenössischen Literatur einzigartig!«
Visa Magazin, Wien

»Ein beweglicher ›Weiterschreiber‹ nicht nur der Nachkriegsgeschichte, sondern der Geschichte der Bundesrepublik ist Hans Werner Kettenbach. Seine Romane aus dem bundesrepublikanischen Tiergarten sind viel unterhaltsamer und spitzer als alle Weiterschreibungen Bölls.« *Kommune, Frankfurt*

*Minnie oder Ein Fall
von Geringfügigkeit*
Roman

Hinter dem Horizont
Eine New Yorker Liebesgeschichte

Sterbetage
Roman

Schmatz oder Die Sackgasse
Roman

Davids Rache
Roman

Grand mit vieren
Roman

Die Konkurrentin
Roman

Kleinstadtaffäre
Roman

Zu Gast bei Dr. Buzzard
Roman

Das starke Geschlecht
Roman

*Tante Joice und
die Lust am Leben*
Geschichten und anderes

Erich Hackl
im Diogenes Verlag

»Seine Fähigkeit, aus den zur Meldung geschrumpften Fakten wieder die Wirklichkeit der Ereignisse zu entwickeln, die Präzision und zurückgehaltene Kraft der Sprache lassen an Kleist denken.«
Süddeutsche Zeitung, München

»Erich Hackl schreibt ›Chroniken‹, wie er selbst sagt, ›Musterstücke des Weltlaufs‹, die erzählen, was sich tatsächlich ereignet hat – und doch keine Historien sind, sondern Literatur, die an das Vorbild Heinrich von Kleists erinnern.«
Ruth Klüger / Die Welt, Berlin

Auroras Anlaß
Erzählung

Abschied von Sidonie
Erzählung

Materialien zu Abschied von Sidonie
Herausgegeben von Ursula Baumhauer

König Wamba
Ein Märchen. Mit Zeichnungen von Paul Flora

Sara und Simón
Eine endlose Geschichte

In fester Umarmung
Geschichten und Berichte

Entwurf einer Liebe auf den ersten Blick
Erzählung

Die Hochzeit von Auschwitz
Eine Begebenheit

Anprobieren eines Vaters
Geschichten und Erwägungen

Als ob ein Engel
Erzählung nach dem Leben

Familie Salzmann
Erzählung aus unserer Mitte

Christoph Poschenrieder
Die Welt ist im Kopf

Roman

Zu gern würde Schopenhauer sehen, wie Philosophen und Literaten auf seine Ideen reagieren – wie Hegel seinen Thron räumt und der alte Goethe ihm, dem erst 30-Jährigen, Anerkennung zollt. Doch sein bahnbrechendes Werk erscheint verspätet. Und so verlässt Schopenhauer im Spätsommer 1818 Dresden in Richtung Italien ohne sein Buch in der Tasche – noch als ein Niemand.

Schon auf der Reise fällt er der Metternich'schen Geheimpolizei auf: Goethes Empfehlungskarte an Lord Byron – Dichter und Skandalfigur europäischer Dimension – macht Schopenhauer verdächtig und im österreichisch besetzten Venetien unerwünscht. Doch einmal in Venedig, lässt sich Schopenhauer nicht vertreiben – erst recht nicht, als er Teresa kennenlernt. Denn Teresa zeigt dem jungen Philosophen, dass er einen Punkt seiner Weltsicht noch einmal überprüfen muss: sein Konzept der Liebe.

»Ein perlendes Lesevergnügen, das mit seinen historischen und philosophischen Anspielungen, seiner Detailfreude und seiner stringenten Komposition den Intellekt wie mit Federn kitzelt.«
Klaus Bachhuber / Süddeutsche Zeitung, München

»Poschenrieders Debütroman ist eine grandiose Burleske, ein Maskenspiel. Er überdreht, er erfindet, er fabuliert. Um Schopenhauers Philosophie zu verstehen, wird man sich, fürchte ich, woanders umsehen müssen. Um Schopenhauer selbst nahezukommen, gibt's nichts Besseres als Poschenrieder.«
Elmar Krekeler / Die Welt, Berlin